ANITA GARIBALDI
REVIVE

MOACIR PEREIRA

ANITA GARIBALDI REVIVE

Na literatura, na cultura e na economia

MINOTAURO

ANITA GARIBALDI REVIVE
NA LITERATURA, NA CULTURA E NA ECONOMIA

AUTOR: Moacir Pereira

DIRETOR DA ALMEDINA BRASIL: Rodrigo Mentz
EDITOR DE CIÊNCIAS SOCIAIS E HUMANAS: Marco Pace
ASSISTENTES EDITORIAIS: Isabela Leite e Larissa Nogueira

REVISÃO: Oficina das Palavras
DIAGRAMAÇÃO: Almedina
DESIGN E ILUSTRAÇÃO DA CAPA: Eduardo de Faria/© Can Stock Photo Inc./Officio

ISBN: 9786587017419
Dezembro, 2021

Dados Internacionais de Catalogação na Publicação (CIP)
(Câmara Brasileira do Livro, SP, Brasil)

Pereira, Moacir
Anita Garibaldi revive : na literatura, na cultura e na economia / Moacir Pereira.
-- São Paulo, SP : Minotauro, 2021.

Bibliografia.
ISBN 978-65-87017-41-9

1. Brasil - História - Guerra dos Farrapos, 1835-1845
2. Brasil - História - Século 19 3. Garibaldi, Anita, 1821-1849
4. Garibaldi, Giuseppe, 1807-1882 5. Revolucionários - Brasil
6. Revolucionários - Itália I. Título.

21-84061 CDD-923.2

Índices para catálogo sistemático:
1. Revolucionários : Vida e obra 923.2
Eliete Marques da Silva - Bibliotecária - CRB-8/9380

Este livro segue as regras do novo Acordo Ortográfico da Língua Portuguesa (1990).

EDITORA: Almedina Brasil
Rua José Maria Lisboa, 860, Conj.131 e 132, Jardim Paulista | 01423-001 São Paulo | Brasil
editora@almedina.com.br
www.almedina.com.br

À MODA DE PREFÁCIO

Moacir Pereira recolheu tudo o que era possível para um pequeno livro sobre Anita Garibaldi, trazendo episódios e referências até então inéditos ou conhecidos de poucos, como o aparte de um deputado da Constituinte de 1934 chamando a heroína catarinense não menos do que "vagabunda", grave ofensa que ensejou pedido de que, já naquela época, fosse excluída dos anais parlamentares a expressão vulgar e condenável.

Indo mais adiante, situou o contexto em que Anita Garibaldi com uma das centenas de mulheres célebres brasileiras, que lideram uma lista de feitos heroicos, entretanto insuficientemente conhecidos.

O jornalista e escritor traz a público um denso relato e toma por mote o bicentenário da jovem pobre, órfã, abandonada pelo recém-marido, apesar de bela e virtuosa, depois de um casamento arranjado por outros interesses que não o amor, como então era moda.

Tampouco no segundo casamento a menina conquistaria o lugar que lhe era devido e passa à história, não com o seu nome de batismo e da certidão de nascimento, a esse tempo ainda quase um documento só, pois o poder civil amparava-se no religioso e vice-versa, mas com o sobrenome do marido, o corsário e mercenário italiano Giuseppe Garibaldi.

Quem para bisbilhotar essas miudezas tão reveleadoras? Um jornalista que saiba escrever, que domine as técnicas narrativas, que saiba tecer uma história, com começo, meio e fim, de peças bem concatenadas.

E aqui me demoro um bocadinho em pequena reflexão sobre o dublê de autor e jornalista. Todos os escritores brasileiros têm ou tiveram outra profissão, fazendo neles conviver uma espécie psiquiátrica de dupla personalidade.

Já se disse que todos os que escrevemos sofreríamos de esquizofrenia, uma palavra que somente entrou para o português no Século XX, vinda do francês e do inglês, dependendo das circunstâncias desta imigração, de todo modo cunhada pelo psiquiatra suíço Eugen Bleuler em1908. Para tanto, recorreu aos étimos grego *shkizein*, rachar, partir, quebrar, e *phren,* alma, espírito, mente. Em resumo, almas rachadas.

Talvez certas psicoses endógenas que afetam tantos escribas expliquem certos delírios e alucinações, mas no geral, além do povo do livro, no Brasil tão rarefeito, poucos se ocupam de quem escreve. Como ninguém tem como ofício principal o ato de escrever livros, combinando o projeto com o direito, o ensino, o jornalismo etc., escritores sempre estão a fazer outra coisa.

Moacir Pereira, diferentemente deste prefaciador, que é professor e escritor, é jornalista e escritor, embora tenha sido também professor e fundador do Curso de Jornalismo da prestigiosa Universidade Federal de Santa Catarina, centro de excelência do ensino superior brasileiro.

Nossas afinidades são muitas, mas foram descobertas bem depois do que desejaríamos, dado que Moacir Pereira nasceu e se fixou no estado natal, enquanto seu colega e confrade de uns anos a esta parte, ainda adolescente deixou Santa Catarina. Mas nos reencontramos e desta aproximação nasceu este projeto de ele escrever sobre Anita Garibaldi.

Por quê? Bem-sucedido autor de livros referenciais para a cultura brasileira, sobretudo catarinense, Moacir Pereira tem o dom de narrar, de contar uma boa história, seja num livro de viagens ou de eventos, seja em notas curtas que faz para a mídia há várias décadas.

Moacir Pereira tem o que os antigos gregos designavam por *oístros – oestrus,* em latim -, tavão, mosca enorme que, ao picar o animal, põe-no furioso e às vezes incontrolável, como nos episódios de estouro da boiada, tão bem descritos por Euclides da Cunha em texto antológico.

Nas letras, porém, o estro é suave. Entusiasma os leitores, anima-os, mexe com eles, tira-os da indiferença e os leva a pensar e sentir de modo diverso, a reforçar sentimentos e convicções, ou a repô-las para exame. O texto de Moacir Pereira a ninguém deixa indiferente.

A principal manha do seu ato de escrever – todos os que escrevem têm suas artimanhas e segredos – talvez seja esta a simplicidade com que informa e instrui sobre temas e problemas complexos, mas que ele sabe decompor e tornar palatáveis ao entendimento de todo tipo de leitor. A meu ver, é isso que o faz referência de nossos noticiários, no Sul do Brasil, sobretudo, seja escrevendo, seja falando e apresentando, dado que foi um dos primeiros a adaptar-se ao *streaming,* recurso democratizado quando ele já era referência também no rádio e na televisão.

Bem-vindo, Moacir Pereira, a esta editora lusófona. Que teu pequeno livro, no sentido do diminutivo carinhoso, chegue a leitores de Portugal, da África e, sobretudo do Brasil, e especialmente do Sul do Brasil, e de Santa Catarina de todo muito particular, onde tantos te leem, pois sabem que você sempre tem café no bule. Tem o que contar e sempre sabe como fazê-lo.

DEONÍSIO DA SILVA

SUMÁRIO

I

INTRODUÇÃO

Na história recente do Estado de Santa Catarina não existe personalidade que tenha merecido tantas homenagens como o que se registrou em 2021 nas celebrações do bicentenário de nascimento de Ana Maria de Jesus Ribeiro, a Anita Garibaldi.

Governos estaduais e municipais, instituições artísticas, órgãos culturais, veículos de comunicação e entidades comunitárias permaneceram durante meses promovendo os mais diversos eventos, resgatando de forma inédita os principais fatos relacionados à vida e à obra da heroína catarinense cuja fama ganhou o mundo.

Trata-se, em primeiro lugar, de um personagem realmente admirável, cativante. Uma jovem analfabeta, que fica órfã de pai, vê-se obrigada a um casamento arranjado – e dizem não consumado – para garantir a sobrevivência da família, apaixona-se pelo mercenário e corsário italiano Giuseppe Garibaldi, envolvido na Revolução Farroupilha, durante a República Juliana, e, a partir dali, uma sucessão impressionante de acontecimentos a enriquecer sua biografia.

Na convivência com Garibaldi, durante apenas 10 anos, a lagunense revela-se uma mulher apaixonada, dotada de singular heroísmo, corajosa, com ideias muito claras sobre o valor da liberdade e a importância da República, guerreira, audaciosa, enfermeira, mãe dedicada e espírito crítico em todos os desafios enfrentados pelo companheiro.

Atributos e características, encontrados ao longo dos séculos na mulher catarinense, naquela que aqui nasceu, na que migrou em busca de novos sonhos e nas milhares de suas descendentes.

As origens remotas desta simbologia podem ser encontradas no Século IV, na extraordinária história de Catarina de Alexandria, a princesa egípcia que, também em nome das liberdades e igualmente muito jovem, enfrentou o poderoso império romano e não se submeteu aos caprichos de Maximino Daia, que, tomado de paixão insana pela garota e inconformado com a recusa, mandou torturá-la numa roda com pontas de ferro e, tendo ela sobrevivido aos dolorosos tormentos, mandou decapitá-la. A moça tinha, então, 18 anos e mais tarde foi elevada à honra dos altares, tendo sido a maior inspiração espiritual de Joana d'Arc na vitoriosa guerra da França contra a Inglaterra.

Catarina de Alexandria é considerada por historiadores e devotos como "a mais virtuosa das mulheres". Seus restos mortais repousam no magnífico Mosteiro de Santa Catarina, no Monte Sinai, Egito, construído no século VI por Justiniano I, já no império bizantino, envolvendo a capela da sarça ardente, mencionada no Antigo Testamento no episódio dos 10 mandamentos, edificada por Helena, mãe do Imperador Constantino, que instituiu o cristianismo em todo o Império Romano.

O mosteiro é considerado local sagrado para cristãos e muçulmanos. Em seu interior há verdadeiras relíquias, como cópias autênticas de pergaminhos com escritos dos evangelistas. E duas declarações que deram e continuando dando segurança até hoje: uma, do profeta Maomé; e outra, firmada por Napoleão Bonaparte, quando invadiu o Egito, assegurando proteção permanente daquele patrimônio da humanidade.

O nome da padroeira dos catarinenses designou originalmente a Ilha, hoje capital do Estado, quando descoberta por Sebastião Caboto, na primeira metade do século XVI. Tal afirmação baseia-se em livros dos principais historiadores catarinenses, como Oswaldo Rodrigues Cabral, Walter Fernando Piazza e Henrique da Silva Fontes. Ou porque aqui estavam no dia 25 de Novembro, já dia de Santa Catarina pelo calendário católico, ou para homenagear a esposa Catarina Medrano. Provavelmente pelos dois motivos.

Ao longo dos séculos, o Estado despontou com a projeção de mulheres nos mais diferentes setores da atividade humana. O nome de maior significado, penetração, alvo de tributos, em Santa Catarina, no Rio Grande do Sul, no Brasil, na Itália e outros países, é sem dúvida, o de Anita Garibaldi, sobretudo nas celebrações do bicentenário de nascimento.

No livro *Dicionário Mulheres do Brasil*, os organizadores Schuma Schumaher e Érico Vital Brazil relacionaram 810 nomes de mulheres que se destacaram do século XVI até 2.001, data da segunda edição da Zahar Editora.

A obra não faz justiça à mulher catarinense, uma vez que estão incluídos apenas três nomes: Anita Garibaldi, no século XIX, Antonieta de Barros e Lígia Doutel de Andrade, no século XX.

Antonieta de Barros, filha de ex-escrava e órfã de pai, foi a primeira deputada negra da história do Brasil . Seu nome está imortalizado em várias homenagens em Florianópolis e em várias cidades do Estado.

Ligia Doutel de Andrade foi herdeira politica do presidente e líder nacional do Partido Trabalhista Brasileiro, por ter-se casado com Doutel de Andrade, também ex-vice-governador do Estado. Foi deputada federal e integrou movimentos nacionais e internacionais em defesa dos direitos das mulheres.

Há, contudo, muitos outros nomes que se projetaram no Brasil e no exterior pelo pioneirismo, pelo ineditismo de sua atuação profissional ou pela atividade espiritual.

Desde 2002, o Brasil passou a contar com sua primeira santa, com a canonização de Amabile Lúcia Visintainer, beatificada no dia 18 de outubro de 1991, pelo papa João Paulo II , na primeira e até hoje a única visita de um Pontífice a Santa Catarina.

Santa Paulina, título também do maior santuário católico do Estado, no Vale do Rio Tijucas, viveu em Nova Trento e São Paulo. Fundou a Congregação das Irmãzinhas da Imaculada Conceição, instituição educacional e filantrópica com relevantes serviços prestados ao Estado, ao Brasil e com presença no exterior.

Exemplo admirável de pioneirismo na educação, na assistência aos doentes e à filantropia foi dado por Joana de Gusmão(1688-1780), cujo nome honra o maior Hospital Infantil de Santa Catarina, construído na década de 1970 em Florianópolis.

Natural de Santos, casou-se com Antônio Ferreira Gamboa e, com a morte dele, em 1745, ingressou na Ordem Terceira de São Francisco.

Em 1756, mudou-se para Desterro, atual Florianópolis. Obteve permissão em 1760 para adquirir um terreno, na área do atual Imperial Hospital de Caridade, a fim de construir uma capela. Dois anos depois a obra ficou pronta e hoje é conhecida com Capela do Menino Deus.

Dando continuidade a sua visão social, edificou ao lado da capela uma escola para meninas, a primeira escola feminina de Florianópolis, a semente do que viria a ser o Imperial Hospital de Caridade.

A desembargadora Thereza Grisólia Tang(1922-2009) foi a primeira mulher a presidir um Tribunal Regional Eleitoral no Brasil, em 1986, e, sobretudo, a presidir o Tribunal de Justiça de Santa Catarina, o que ocorreu nos anos de 1989 e 1990. Foi a segunda mulher brasileira a exercer a magistratura no Brasil, precedida apenas pela cearense Auri Moura Costa, em 1939.

Outro pioneirismo nacional é creditado a Lúcia Stefanovich, a primeira delegada de policia do Brasil. Exerceu a função durante mais de 45 anos. Ocupou, também, o cargo de Secretária de Segurança Pública do Estado entre 1995 e 1998. Criou a primeira Delegacia Especializada das Mulheres, na década de 1980.

Outra catarinense que inscreveu seu nome na história foi a médica Zilda Arns Neumann, nascida em Forquilhinha, no sul do Estado e falecida em 2020, durante trabalho assistencial e pastoral em Porto Príncipe, por ocasião de violento terremoto no Haiti. Sua morte foi assim descrita por seu sobrinho, o senador Flávio Arns, em nota pública:

> "A Dra. Zilda estava em uma igreja, onde proferiu uma palestra para cerca de 150 pessoas. Ela já tinha acabado seu discurso e estava conversando com um sacerdote, que queria mais informações sobre o trabalho da Pastoral da Criança. De repente, começou o tremor. O padre que estava conversando com ela deu

um passo para o lado e a Dra. Zilda recuou um passo e foi atingida diretamente na cabeça, quando o teto desabou. Ela morreu na hora. A Dra. Zilda não ficou soterrada. O resto do corpo não sofreu ferimentos, somente a cabeça foi atingida. O sacerdote que conversava com ela sobreviveu. Já outros quinze sacerdotes que estavam próximos a ela faleceram"

Zilda Arns, irmã do arcebispo Dom Paulo Evaristo Arns (1921-2016), fundou a Pastoral da Criança no Brasil, ganhando projeção e assumindo a Coordenação Internacional.

Há outros destaques nos campos esportivo, politico e social que projetam o Estado pela força, dedicação, altivez, sensibilidade, espirito público e solidariedade da mulher catarinense, cada vez mais presença no empreendedorismo nestes últimos anos.

Credite-se integralmente ao professor e escritor Deonisio da Silva, único representante catarinense na multissecular Academia das Ciências de Lisboa, para a qual foi eleito e tomou posse em 2017, a edição deste trabalho jornalístico. Seus incentivos, integral apoio, orientação sobre conteúdo e pareceres, foram decisivos. Não fossem estes estímulos e o projeto não teria se tornado realidade.

A insistência de Deonísio da Silva, também confrade na Academia Catarinense de Letras, levou-me a recordar a cobertura jornalística que realizei há 22 anos para os jornais "O Estado", de Florianópolis, e "A Notícia", de Joinville, durante missão oficial catarinense à Itália, dentro das comemorações do sesquicentenário de morte de Anita Garibaldi.

O principal objetivo daquela delegação, composta por deputados, historiadores e lideranças estaduais, era prosseguir contatos com autoridades e organizações culturais e garibaldinas italianas visando a transferência dos restos mortais de Anita Garibaldi de Roma para Santa Catarina.

A viagem, marcada de um roteiro enriquecedor sobre a heroína e com novas perspectivas de intercâmbio cultural e político com instituições italianas de várias regiões, revelou-se uma frustração completa sobre a pretensão da transferência.

Entre os incontáveis benefícios trazidos para municípios, instituições universitárias e culturais, destacamos a visita e reuniões na sede do grupo Marcegaglia, que decidia naquela época sobre projeto milionário de construção de uma unidade industrial de produção de aços em Garuva, no norte de Santa Catarina.

A partir do resgate desta experiência jornalística, a ideia do livro cresceu com capítulos sobre a importância de Anita Garibaldi para a economia estadual, a geração e empregos, o aumento da arrecadação de tributos e o impacto no desenvolvimento do maior polo metal mecânico.

Sua imagem foi crescendo ao longo de décadas e séculos pela literatura, pelas artes, pelos monumentos, pela música, pelos dois municípios existentes no Estado e, por incontáveis iniciativas e entidades culturais.

Santa Catarina viveu e reviveu intensamente a rica e única história de Anita Garibaldi celebrações dos 200 anos de seu nascimento.

Esta publicação procurou reunir os vários aspectos da simbologia que envolvem uma das mais importantes personalidades da história de Santa Catarina e do Brasil.

II

ANITA: SÍNTESE BIOGRÁFICA

A cidade de Laguna foi palco em julho de 1985 de Encontro de Delegações dos Conselhos Estaduais de Cultura de Santa Catarina e Rio Grande do Sul, comemorativo dos 150 anos da Revolução Farroupilha e dos 146 anos de proclamação da República Juliana.

O evento integrou a programação da Semana Cultural de Laguna, e se destacou nacionalmente pela presença de um convidado muito especial: o historiador Wolfgang Ludwig Rau.

Com um extraordinário acervo pessoal, constituído de raridades documentais, de fotos inéditas, de entrevistas com os principais personagens e de informações que integram aquele que é considerado o mais completo livro biográfico sobre Anita Garibaldi, Rau falou no contexto de um Painel intitulado "Uma Revolução Farroupilha em território catarinense", com um resumo bem didático sobre a personalidade da heroína lagunense.

Título da exposição: "A Heroína dos dois mundos".

O conteúdo é uma das melhores sínteses sobre a vida da lagunense:

"ANITA GARIBALDI – Ana Maria de Jesus Ribeiro – nasceu em 1821 em Morrinhos, Laguna, na então província de Santa Catarina. Seus pais, Bento Ribeiro da Silva e Maria Antonia de Jesus, eram pobres e honrados. Do seu pai parece ter herdado a energia e a coragem pessoal, revelando desde criança um caráter independente e resoluto. Em 1835, já falecido o pai, casou aos 14 anos por insistência materna, com Manoel Duarte de Aguiar, na Igreja Matriz Santo Antônio dos Anjos da Laguna. O curto matrimônio, sem afinidades e sem filho, revelou-se um fracasso seguido de separação. Aos 18 anos conheceu a José Garibaldi, que viera com as tropas farroupilhas de Davi Canabarro e Joaquim Teixeira Nunes tomar a Laguna em julho de 1839, fundando a República Juliana dos Cem Dias. Garibaldi chegara à Laguna com fama de herói pelo feito épico que acabava de realizar ao transportar, por terra, duas embarcações "Farroupilha" e "Seival", de Capivari a Tramandaí, e posterior salvamento do naufrágio da primeira ao sul do Cabo de Santa Marta. Seu encontro com Anita resultou em amor à primeira vista, dando origem a um dos mais belos romances de amor e dedicação incondicionais. A 20 de Outubro de 1839 Anita decide seguir José Garibaldi, subindo a bordo de seu navio para uma expedição de corso até Cananéia. Sua lua de mel tem lances de grande dramaticidade. Em Imbituba recebe seu batismo de fogo ao serem os corsários atacados por forças marítimas legalistas. Dias depois, a 15 de Novembro, Anita confirma sua coragem ímpar e amor heroico a Garibaldi e à causa na célebre batalha naval de Laguna, contra Frederico Mariath, em que se expõe a mil mortes ao atravessar uma dúzia de vezes num pequeno escaler a área de combate para transportar munições em meio de verdadeira carnificina humana. Com o fim da efêmera República Lagunense, o casal segue na retirada para o sul. Subindo a serra, Anita combate ao lado de Garibaldi em Santa Vitória, passa o Natal de 1839 em Lages, toma parte ativa no combate da Forquilhas (Curitibanos) à meia-noite de 12 de Janeiro seguinte. Feita prisioneira de Melo Albuquerque, consegue deste comandante permissão para procurar no campo de batalha o cadáver de Garibaldi que lhe haviam dito morto. Foge depois espetacularmente, embrenhando-se pela mata atravessando o Rio Canoas a nado e reencontrando as tropas em retirada e seu Giuseppe, oito dias depois. Em 16 de Setembro de 1840 nasceu seu primogênito Menotti em Mostardas, na região da Lagoa dos Patos, no Rio Grande do Sul. Doze dias depois do parto, é obrigada a fugir dramaticamente a cavalo, seminua e com o recém-nascido ao colo, atacada pelas tropas de Pedro de Abreu durante a ausência de Garibaldi. Reencontrados depois, Anita e o filho seguiram, também, na posterior grande retirada pelo mortífero vale do Rio das Antas. Como nos conta o próprio Garibaldi, foi a mais medonha que jamais acompanhou. A desesperada coragem de Anita conseguiu meios de salvar o filho à última hora. Em 1841, dispensado por Bento Gonçalves, Garibaldi segue com a pequena família para Montevidéu, engajando-se nas lutas uruguaias contra o tirano Rosas. A 26 de Março de 1842, Garibaldi casa com Anita na antiga Igreja de São Francisco de Assis. Nos anos seguintes, Anita tem mais 3 filhos Rosita, Teresita e Riccioti. Rosita não consegue vencer um ataque de difteria, falecendo aos dois anos e meio, deixando seus pais desesperados. Em fins de 1847, Anita e seus três filhos vão para a Europa, aportando em Gênova e dali seguindo para Nice, seguida pelo marido poucos meses depois. Na Itália, Anita Garibaldi deu múltiplas demonstrações de aprimoramento intelectual, aparecendo como esposa condigna do herói italiano cuja estrela começa a brilhar internacionalmente. Infelizmente, a vida de Anita foi demasiado curta. Em meados de 1849 vai a Roma sitiada pelos franceses ao encontro do marido, e com ele e sua Legião italiana faz a célebre retirada, dando repetidas mostras de grande dignidade e de coragem em lances de bravura frente aos inimigos austríacos. Grávida pela quinta vez e muito doente, não aceita os conselhos para permanecer em San Marino para restabelecer-se. Não quer abandonar o marido quando quase todos o abandonam. Ele, acompanhado de poucos fiéis, segue ziguezagueando pelos pântanos ao Norte de Ravenna, fugindo dos Austríacos, que o ameaçam com pena de morte, a ele e a todos os garibaldinos, e a quem ajudasse José Garibaldi. O herói vê, então, definhar rapidamente a mulher que mais amou na vida, dizendo que desejaria muitas vezes que fosse ele a morrer. Pelas 19 horas do dia 4 de agosto de 1849 Anita Garibaldi falece nos braços do esposo em pranto, longe dos filhos, num quartinho do segundo pavimento da casa dos irmãos Ravaglia em Mandriole, próximo a Santo Alberto."

III
ANITA NA LITERATURA

O Estado de Santa Catarina continua em incalculável débito com sua própria história. Episódios dos últimos séculos, alguns de repercussão nacional e até internacional, permaneceram ofuscados pela clandestinidade durante décadas. Múltiplas foram as razões deste inexplicável silêncio ou de deliberada omissão.

O caso mais famoso e conhecido refere-se à Guerra do Contestado, marcante episódio que resultou na morte de mais de 14 mil pessoas, com características de maior dramaticidade e seu caráter trágico até do que Canudos. E há apenas 70 anos começou timidamente a ganhar o campo da literatura.

Da mesma forma, a Revolução Federalista de 1893, que resultou na execução de 185 catarinenses na Ilha do Anhatomirim, permaneceu encoberta e só nas últimas décadas mereceu estudos acadêmicos, pesquisas e publicação de livros.

O autor da chacina, que incluiu até mesmo o Marechal Gama d'Eça, herói da Guerra do Paraguai, foi o coronel Moreira Cezar, uma figura da qual são pouco conhecidas ainda as suas ações em Desterro, porque ainda insuficientemente pesquisadas.

E, outra vez, somente em 2019, por exemplo, processos relacionados com os trágicos acontecimentos do século XIX, foram exibidos em inédita exposição no Museu do Tribunal de Justiça de Santa Catarina.

Intitulada "Águas revoltas: a Justiça catarinense e a Revolução Federalista", a mostra apresentou processos judiciais referentes aos conflitos desse episódio histórico (1893-1894), fotografias de embarcações, jornais, reproduções de comunicados oficias, algumas peças de armamento da época e miniaturas de pequenas embarcações que circulavam pelo litoral catarinense no fim do século 19. Tudo inédito.

A presença de simpatizantes nazistas em várias regiões do Estado igualmente continua até hoje catalogada como tema perigoso ou sigiloso, gerando dificuldades aos pesquisadores para investigações mais profundas sobre a dimensão daquela movimento político e ideológico que abalou o mundo e teve ramificações em Santa Catarina.

Os sofrimentos a que foram submetidos imigrantes alemães, italianos e austríacos, apenas por serem de etnias de nações ligadas ao Eixo, em várias regiões, durante a ditadura do Estado Novo, por ordem do governo Getúlio Vargas e aqui executadas no governo Nereu Ramos, igualmente estão para ser devidamente pesquisados em toda sua profundidade, embora já existem publicações reveladoras.

Com Anita Garibaldi ocorreu o mesmo. O resgate de sua história, pelas mais diferentes manifestações culturais, tem início muito tímido no final do século XIX, portanto, mais de 50 anos após sua morte na Itália.

A explicação dada por alguns biógrafos e historiadores é simples. Anita era rejeitada pelas elite da época, por suas origens humildes e por ter violado alguns dos princípios considerados sagrados pela maioria da população, tanto em Laguna como na antiga Desterro, como abandonar o marido sapateiro e se tornar amante de um aventureiro italiano.

Esta visão preconceituosa vai determinar, inclusive, que a principal homenagem prestada em Santa Catarina em espaço público, com monumento já centenário no centro de Florianópolis, teve a localização transferida. Era para ser construído na Praça XV de Novembro, onde já brilhavam o magnífico monumento dos Heróis da Guerra do Paraguai e a garbosa estátua do coronel Fernando Machado, além de bustos em bronze de expressões do mundo artístico, literário e político do Império e da Republica.

As restrições foram consideradas até normais pelo professor e deputado Oswaldo Rodrigo Cabral, um dos maiores historiadores catarinenses do século passado.

No prefácio do livro "Anita Garibaldi – o perfil de uma heroína brasileira", lançado em 1975, depois de 40 anos de viagens, muitas leituras, entrevistas e longos estudos, por Wolfgang Ludwig Rau, considerado o mais completo biógrafo da lagunense, Cabral, também lagunense, escreveu: "Não resta a menor dúvida que a nossa heroína infringiu os cânones sociais e religiosos não apenas de sua época, mas de todas as épocas... No particular, sejamos realistas, a moral não é uma questão de latitude nem de tempo.(...) Rau depõe sobre o espanto, sobre a incredulidade, sobre o estarrecimento de uma neta da heroína quando lhe contou sobre o primeiro casamento da avó. Nunca ouvira falar em semelhante coisa!"

Mais adiante, o prefaciador qualificado recorda uma conferência que proferiu na Assembleia Legislativa de Santa

Catarina, por ocasião de seu centenário da morte, em1949, na condição de Deputado Constituinte, e já um dos primeiros lagunenses a semear a imagem de grande guerreira e heroína na biografia da conterrânea. Na ocasião sentenciou: "Aos heróis, como aos mártires, não se pede atestado de antecedentes".

O tributo a Anita Garibaldi acabou sendo transferido para a atual Praça Getúlio Vargas, na época o bairro Mato Grosso, considerado muito distante do coração histórico da Capital.

A reação é avaliada hoje como inexplicável, pois as homenagens prestadas no final do século XIX e início do século XX tinham o claro objetivo de consolidar os valores, símbolos e princípios da República recém instalada. Especialmente, em Florianópolis, onde se registraram fatos trágicos relacionados à implantação da República e resistências de notáveis monarquistas.

Os registros mais antigos sobre Anita Garibaldi são relativos a sua morte em Ravena. Poucos dias após o falecimento de Anita, em agosto de 1849, seu nome estava estampado em periódicos devido às circunstâncias em que seu cadáver foi encontrado nos pântanos de Ravena na Itália.

> "As primeiras páginas ocupadas foram as policiais. O delegado provincial da polícia de Ravena escreveu, entre referendos ao Comissário de Bolonha, atas bem detalhadas do suposto crime que acabava de identificar: a morte de Anita Garibaldi. De início, o delegado A. Lovatelli não soube informar a identidade do corpo, mas com alguma investigação nos arredores da primeira tumba de Anita e na fazenda onde faleceu, pôde nomear o cadáver como a "mulher que seguia Garibaldi", em suas palavras, como se apresentará no relatório encaminhado

ao monsenhor G. Bedini, comissário pontifício extraordinário de Bolonha."

As iniciativas pioneiras destinadas a tirar Anita Garibaldi do anonimato histórico e destacar seus feitos heroicos no Brasil, datam do final do século XIX.

Na Itália, deve-se ao grande escritor Alexandre Dumas o mérito da primeira publicação. Foi o romancista e dramaturgo com obras consagradas mundialmente em "Os Três Mosqueteiros" e "O Conde de Monte Cristo", que registrou as primeiras informações sobre a vida de Anita Garibaldi.

Giuseppe Garibaldi, já respeitado como herói pela unificação da Itália, relatou suas "Memórias", livro lançado dez anos depois da morte de Anita Garibaldi.

Este fato transmite, por si mesmo, a importância da literatura na preservação da memória dos grandes vultos da história.

Ali estão relatos minuciosos sobre a participação de Anita nos dez intensos e bélicos anos em que lutou ao lado do marido.

Como observa a professora Fernanda Aparecida Ribeiro, em seu livro "Anita Garibaldi: Coberta por histórias": "As Memórias de Garibaldi são praticamente a fonte primeira da história de Anita. Nelas, o revolucionário constrói a imagem de sua companheira como uma mulher- soldado, uma pessoa corajosa com princípios claros de igualdade e justiça, uma espécie de guerreira-nata e destemida nos campos de batalha. Nesse sentido, ele unifica o espirito heroico de Anita, destacando que ela é uma mulher que rompe no espaço público como vencedora, e atua no espaço masculino como se fosse o seu próprio universo. Essa figura de Anita é repetida pelos demais historiadores depois dele, que corroboram a solidificação da heroicidade de Anita Garibaldi." A publicação italiana, contudo, não teve a mesma repercussão no Brasil como na Europa. Levou muito tempo até ser considerada a fonte primária e mais importante sobre os feitos da heroína.

É preciso atentar também que se trata da primeira e única versão de quem conviveu há dez anos com Anita Garibaldi. Assim, duas leituras prováveis. Primeira, exageros do guerreiro viúvo e apaixonado desejoso de transferir para as novas gerações e a história universal a imagem de uma corajosa, dedicada e solidária mulher, vanguardeira nas ideias liberais que defendia com o marido. Segundo, o próprio escritor ter adicionado seu talento literário para produzir um texto que viesse a atrair os leitores da Itália e da Europa.

O fato é que esta obra certamente popularizou a imagem de Anita Garibaldi entre autoridades, intelectuais e a população italiana, a ponto de ser sua imagem explorada politicamente durante o fascismo de Benito Mussolini.

A realidade destes 160 anos em que o livro "Memórias" circulou pelo mundo foi a mais citada fonte de todos os biógrafos, historiadores e autores italianos e brasileiros. E, certamente, fundamental para os incontáveis romances escritos em mais de um século e maio. Em Santa Catarina, a literatura foi, sem dúvida, o fator maior no resgate da memória de Anita Garibaldi e sua projeção estadual e nacional.

Uma dos primeiros escritos tem o talento e a pena do ilhéu Virgilio Várzea, que se consagrou com sua extraordinária competência, domínio da língua e um rico vocabulário como o introdutor do marinhismo na literatura da América Latina.

Em 1895 assinou um conto maravilhoso, intitulado "O Amor de Garibaldi", selecionado décadas mais tarde entre os melhores de sua autoria nos compêndios clássicos de dimensão nacional.

Quatro anos mais tarde, Ignez Sabino inclui uma biografia de Anita em seu livro *Mulheres Ilustres do Brasil*, lançado então pela H. Garnier, Livreiro-Editor (Rio de Janeiro, Paris). A publicação foi reeditada em 1996, em Florianópolis, pela Editora das Mulheres.

A sequência dos textos e publicações mereceu um resumo do falecido jornalista lagunense Celso Martins: "Em 1901, Waldemar Lima constata em artigo haver se projetado, "em assombrosa irradiação, o vulto heróico e varonil de Anita Garibaldi, a lagunense imortal, que perante o mundo sintetizava gloriosamente a mulher brasileira pelo seu ardente amor ao escolhido do seu afeto virginal, pela sua cavalheiresca compreensão da liberdade e fraternidades humanas, pelo seu amantíssimo coração de mãe, aberto. E por motivos inferiores, povos se consideram os guias incontestes da humanidade pensadora em Lausperene, através de idades, tiveram heroínas que não se comparam, em sua estrutura moral, à nossa humilde patrícia", conforme o Jornal *O Blondinista*.

A edição de 20 de setembro de 1903 do jornal *A Comarca*, de Mogi-Mirim, interior paulista, é dedicada à Revolução dos Farrapos e à tomada de Roma em 1870, "em cujos feitos teve a parte salientíssima o imortal herói italiano Giuseppe Garibaldi, rendendo merecidas homenagens à nossa extraordinária conterrânea Anita Garibaldi". O jornal transcreve trechos das *Memórias* de Garibaldi e do trabalho de Henrique Boiteux sobre o combate de Imbituba, "no qual Anita mostrou-se pela primeira vez a heroína cujo nome aureolado se tornou universal e imperecível".

No final do século XIX e início do XX, Santa Catarina viveu um período de efervescência politica, cultural e educacional, com os irmãos Boiteux ganhando merecido destaque, como se registrou em 1896 na fundação do Instituto Histórico e Geográfico de Santa Catarina, movimento liderado pelo excepcional José Boiteux.

Os escritores lagunenses atribuem a José Boiteux a confecção de cartões postais com a imagem de Anita, enviando-os a diversas instituições e jornais do Estado, do Rio de Janeiro e São Paulo.

Organizou uma seleção que intitulou a "Galeria de Catarinenses Ilustres", na qual incluiu Anita Garibaldi.

Seguem-se as extraordinárias pinturas e monumentos que foram sendo produzidas no Brasil e, principalmente, em Santa Catarina, valorizando a figura heroica da lagunense.

Os historiadores atribuem a Henrique Boiteux a autoria da primeira obra literária, datada do início do século XX . Curioso é que os biógrafos mais conhecidos de Anita Garibaldi mencionam edições de anos posteriores.

Um estudo recente, lançado em comemoração ao bicentenário, o professor Edison d'Avila ressalta a excepcional contribuição do almirante Henrique Boiteux: "As primeiras representações de Anita Garibaldi nas artes surgiram, no Brasil, já no século XIX no campo da literatura. A escolha da obra de Henrique Boiteux, como exemplar literário, deveu-se ao ineditismo da primeira biografia, de 1898; embora tenha sido de escrita muito concisa."

E passa a comentar a obra "Annita Garibaldi – A Heroína Brazileira", de Henrique Boiteux, cuja primeira edição é de 1898, publicada no Anuário de Santa Catarina daquele ano; reeditada em 1906 pela F. Bevilacqua & C., Rio de Janeiro, e pela Imprensa Naval em 1935."

Enfatiza: "Trata-se da primeira publicação escrita no Brasil que tem como tema a catarinense Anita Garibaldi. Seu autor também fora nascido em Santa Catarina: o então capitão de corveta, da Marinha do Brasil, Henrique Adolfo Boiteux."

Wolfgang Ludwig Rau, reconhecidamente o principal biógrafo de Anita Garibaldi no Brasil, publicou seu livro depois de 40 longos anos de pesquisas profundas, seleção de documentos, visitas a locais históricos, apenas em 1975, indicando como referências bibliográficas as "Memórias" de Garibaldi, e a publicação de Henrique Boiteux, com a edição de 1933.

A extraordinária obra de Ludwig Rau, que se revelou um escritor absolutamente apaixonado pelo personagem, teve lançamento por outras editoras e, em 2019, uma edição em fac-simile da Coleção Catarina do Instituto Histórico e Geográfico de Santa Catarina.

Entre os fundamentos de seu rico trabalho biográfico, além da já mencionada "Memórias", Rau e muitos dos que vieram depois, valeram-se de outro documento histórico: o livro "Garibaldi e a Guerra dos Farrapos", do escritor gaúcho Lindolfo Collor, lançado no Rio de Janeiro em 1938.

Importante observar que em sua obra "Anita Garibaldi: uma heroína brasileira", o jornalista Paulo Markun, um dos biógrafos do sesquicentenário de sua morte, fundamenta as pesquisas no livro de Henrique Boiteux, intitulado "Anita Garibaldi", publicado pela Imprensa Naval, edição de 1935.

Markun fez uma exaustiva pesquisa, a partir da fartíssima documentação colocada à sua disposição pelo historiador Wolfgang Rau; visitou vários dos locais históricos e localizou um fato novo de grande importância, em pesquisa na Internet.

Descobriu na Universidade de Carolina do Sul um acervo de livros entocada, com mais de 1.000 exemplares, de um ítalo americano, Italo Campanela, apaixonado por Giuseppe Garibaldi.

Consultou sobre a hipótese de pesquisa "in loco" mergulhou durante o Carnaval na grande quantidade de livros. Ali, leu os livros, copiou sem custo e obteve um rico manancial de ilustrações sobre Giuseppe e Anita Garibaldi.

O livro de Paulo Markun, lançado em Laguna como um dos destaques na programação dos 150 anos de seu falecimento, teve grande receptividade e já está na sétima edição.

A mesma citação da obra de Henrique Boiteux consta de outro livro de sucesso, escrito pela médica Yvonne Capuano, da Academia de Medicina de São Paulo, intitulado "De sonhos e utopias...Anita e Giuseppe Garibaldi", lançado em 1999 pela Melhoramentos.

O próprio historiador Oswaldo Rodrigues Cabral valeu-se da mesma obra de Henrique Boiteux, sob o mesmo título, lançada em 1933 pela Imprensa Nacional, no Rio de Janeiro.

No famoso livro "História de Santa Catarina, editado em 1968 pelo Plano Nacional da Educação em coedição com a Secretaria de Educação e Cultura do Estado, Cabral abre um título especial para retratar Anita como "A Heroina dos 2 Mundos". E sua base para os estudos incluiu o livro de Henrique Boiteux, versão da Imprensa Nacional, Rio de Janeiro, também de 1933.

No rico acervo da Biblioteca do Instituto Histórico e Geográfico de Santa Catarina há uma edição, que presumivelmente a primeira, de 1906, editada no Rio de Janeiro, pela "Officinas da "Renascença".

O livro tem como título "A Heroína Brasileira – Annita Garibaldi", o nome aparece com duplo "n", mesma denominação oficial contida no monumento erguido na Praça Getílio Vargas. Na publicação, o autor assina como Capitão de Corveta.

Henrique Boiteux já era um estudioso do tema no século XIX, como revela publicação que subscreveu no Anuário de Santa Catarina, em 1898, aquela que é considerada a principal publicação, exatamente por seu pioneirismo.

Neste texto, o tom eufórico do autor sobre a biografada corresponde ao estilo literário da época, quando ressalta a figura de Anita como a grande contribuição para a formação do civismo e do espírito patriótico e quando a adjetiva como portadora de heroísmo inigualável e de brava brasileira. Entre outros trechos de maior entusiasmo, relata: "Na sua lide ao infatigável italiano não passou despercebida a beleza de uma filha do lugar, atraído por sua vez, pelo porte másculo e leonino do estrangeiro, aureolado pelo nomeada que o cercava. Ao primeiro encontro de ambos, acordes foram os sentimentos vibrados, fugindo a intrépida Libertadora, onde arvorava a sua insígnia o chefe da esquadrilha, arena a que afaria sagrar mulher sem igual em bravura e intrepidez. Era Ana de Jesus Ribeiro, nascida no lugar denominado Morrinhos, filha de Bento Ribeiro, separada do marido, na Laguna, rompeu o pacto jurado para desde logo começar a escrever a epopéia brilhante que o destino lhe traçara (...) fazendo-se parte estandarte do exército libertador e cujas façanhas encheram de admiração os seus contemporâneos."

No século XX multiplicaram-se estudos e livros escritos e editados sobre Anita Garibaldi no Rio Grande do Sul, São Paulo, Rio de Janeiro, Minas Gerais e, sobretudo, em Santa Catarina.

Em 1911, por exemplo, o historiador gaúcho e marechal João Vicente Leite de Castro, repetiu a mesma grafia com dois "n" no título e no texto, publicou "Annita Garibaldi: História da Heroína Brasileira", Editora H. Garnier, do Rio, com exaltação ainda maior.

Credenciais é o que não faltavam ao famoso escritor: era membro do Instituto Histórico e Geográfico Brasileiro, da Sociedade Geográfica do Rio de Janeiro e Presidente Honorário da União Garibaldina de Nice, instituição ao sul da França que já se destacara em divulgar os dois heróis da reunificação italiana. Destacou: "Por ter sido a mulher mais heróica do mundo, em todos os tempos e que mais honrou o seu sexo, mesmo muito mais do que Joana d'Arc em França, que obteve a sua canonização e hoje é considerada como santa das santas, por haver libertado Orleans do jugo inglês: enfim para tomar conhecida a vida dela por seus compatriotas, pois muito poucos são os que a conhecem, resolvi publicar este trabalho."

Dois anos depois, em Ipanema, no Rio de Janeiro, começou a circular a publicação "Annita Garibaldi (Evocação Histórica), assinada por Carlos Schlappal Marques Leite. É dedicada: "Ao Brasil- esta grande Pátria predestinada no futuro- o Amor"; "a Santa Catarina- a este pedaço de terra bem aventurada que me foi berço – onde deslizou, por entre brincos, a quadra feliz da Infância e onde se enfloraram os meus primeiros sonhos da arte- a Saudade"; e "a minha Esposa- branco Missal da Vida – a quem devo todas as vibrações da pena, através do septicordium da alma- A Gratidão".

Integrante do Instituto Histórico e Geográfico de São Paulo e deputado federal por Santa Catarina, Marques Leite transformou-se num dos mais entusiasmados defensores da construção de um monumento em homenagem a Anita Garibaldi no Rio de Janeiro, juntamente com José Boiteux e outros intelectuais, sonho que acabou sendo frustrado na Capital da República e só realizado em Florianópolis.

Costumava repetir que "um povo sem monumentos é um povo sem história, é um povo selvagem, errante, primitivo, pronto a ser absorvido pelas conquistas."

Em 1914, Santa Catarina atravessava um dos períodos mais sangrentos de sua história com a Guerra do Contestado. Ano que iria marcar também o início da Primeira Guerra Mundial.

Para a literatura catarinense e a história do Estado foi um marco: pela primeira vez a presença feminina nos louvores à epopeia de Anita Garibaldi. E por um gênero romântico e diferente: a poesia.

A escritora e poetiza Delminda Silveira, que em 1920 iria ser alçada à honraria de ser fundadora da Academia Catarinense de Letras – formava com Maura de Senna Pereira a dupla feminina no contexto dos 40 fundadores – escreveu "O Cancioneiro", impresso pela Tipografia da Livraria Central, de Florianópolis.

Professora do Colégio Coração de Jesus, na época dirigido por freiras e com o corpo discente exclusivamente feminino, já se destacava pela publicação de seus poemas na imprensa local.

O livro, com poesias comemorativas das datas nacionais, conteúdo cívico-patriótico, enaltecendo as virtudes de catarinenses e brasileiros, ganhou tanta projeção que o governador Vidal Ramos, um dos politicos que mais valorizou a educação em Santa Catarina no século XX, patrocinou edições para distribuição gratuita de milhares de cópias em todo o Estado.

Escreveu, então, enaltecendo a heroína lagunense:

> "A Pátria ergue-te um sonho, ergue-te um canto!! Heroína, imortal, mulher sublime!!
> Auréola afronte um brilho santo!!!
> Que – Virtude e Valor – Somente, exprime!!!
> Salve!! – Guerreira intrépida e famosa!!
> Filha gentil do sul catarinense!!
> Cujo Valor na luta sanguinosa, Animam assombra, e, subjugando, – vence!!!"

A edição em 1918 da Peça Histórica em 3 atos e 9 quadros em verso, sob o título "Annita Garibaldi", do pintor e escritor Anibal Mattos, marcou aquele década em Belo Horizonte. Iniciativa da Imprensa Oficial do Estado de Minas.

Presidiu várias instituições culturais de Minas Gerais e integrou a Sociedade Geográfica do Rio de Janeiro e laureado pela Escola Nacional de Belas Artes proclama nas páginas iniciais: "À Mulher Brasileira Homenagem Máxima". E acrescenta que a edição conta com apenas 30 exemplares "em superior papel de Hollanda com a rubrica do autor".

A publicação é dedicada "Ao eminente estadista Dr.Lauro Müller, ao distinto historiador e geógrafo Dr. J. Arthur Boiteux".

No final daquela década, Virgilio Várzea, o criativo e talentoso escritor retomava ao tema sobre os feitos da heroína, publicando artigos na Revista do Instituto Histórico e Geográfico de Santa Catarina. Com seu estilo singular fez uma descrição romântica sobre o encontro de Giuseppe Garibaldi com Ana de Jesus Ribeiro, relato aliás que mais tarde iria merecer reparos de historiadores.

No artigo "Garibaldi e sua ação no Brasil", narrou:

> " Uma tarde em que ele estava como sempre no tombadilho, chamou-lhe vivamente a atenção uma moça alta que, a porta de uma choupana, parecia aflita e a chorar. Preocupado com o que teria sucedido a pobre criatura, mandou guarnecer um escaler e largou para a praia. Ai chegando dirigiu-se a moça, perguntando-lhe o que tinha. Ela explicou-lhe, por entre lágrimas, que estava com o mando de cama e muito das febres."

Na primeira metade do século XX no Brasil, Anita Garibaldi foi mais homenageada na literatura e por outras iniciativas muito mais fora de Santa Catarina do que em seu Estado natal. E, fora do Brasil, o maior tributo foi prestado na Itália pelo governo fascista de Benito Mussolini, com a inauguração na oitava colina de Roma de monumento excepcionalmente belo do ponto de vista artístico, de conteúdo e de repercussão internacional.

Fato que resultou em incontáveis reportagens da imprensa italiana sobre a homenageada.

As matérias veiculadas nos jornais e revistas institucionais e as edições de livros ocorreram principalmente nas datas históricas, ou seja, no centenário da Revolução Farroupilha e da República Juliana, no sesquicentenário de nascimento e depois da morte da heroína.

Na maioria das publicações os autores catarinenses, os historiadores de outros Estados e até romancistas estrangeiros valem-se de trechos reveladores do depoimento de Garibaldi e Alexandre Dumas para projetar o caráter da heroína, em incontáveis episódios de um curto período de apenas uma década.

Muitas destas citações certamente ganharam descrições que valorizaram ainda mais a personagem, em relação à sua bravura, coragem e determinação. Como nesta passagem: "Mesmo quando Anita é capturada pelos imperiais na Batalha de Curitibanos, Garibaldi encontra uma maneira de defender o fracasso sofrido, dignificando atitude de sua companheira por não pensar somente em si mesma situação. Sendo excelente amazona e montada no admirável de ginete, Anita poderia ter disparado e escapado daqueles cavalarianos. Porém, o seu peito de mulher encerrava um coração de heroína. Em lugar de fugir, ela tratou da exortar os nossos soldados a se defenderem, mesmo se achando de súbito rodeada pelos imperiais."

As homenagens, em forma de literatura, de fundação de entidades e de publicação de artigos em jornais, ganharam força no início do período republicano e nas primeiras décadas do século passado. E muitas das iniciativas tinham por objetivo consolidar a República contra monarquistas, contra movimentos independentes ou a repetição de episódios como a Republica Juliana. E, melhor bandeira do que Anita Garibaldi, já consagrada na Itália como heroína dos dois mundos, não havia na época.

Os irmãos Boiteux – os historiadores Henrique e Lucas Alexandre e o excepcional intelectual José Arthur – eram republicanos, homens de grande estatura moral, éticos até a medula, com formação ou rígida disciplina militar, acendrado espírito cívico, com foco na educação e nos valores patrióticos.

Identifica-se o propósito de valorizar o grande fato histórico no segundo Império em Santa Catarina, sem colocá-lo como dependente ou anexo ao episódio dos farrapos, naquela época já amplamente divulgado em pesquisas e publicação de livros de grandes nomes da literatura nacional. O que tinha procedência, eis que a Revolução Farroupilha durou dez anos, enquanto a lagunense apenas quatro meses.

O significado desta publicação pioneira é extraordinário. Entre outros motivos, porque Henrique Boiteux firma-se no propósito de imortalizar a heroína catarinense. E lança uma espécie de desafio: o de uma homenagem semelhante a que os italianos prestaram no norte de Itália, região em que veio a faleceu em 1949.

Recordando a melhor impressão obtida durante visita à Itália, escreveu: "Vimos em Ravena, cheios de veneração, o monumento que os patriotas italianos levantaram à memória da Heroína dos Dois Mundos, que tão generosamente pagou a Itália os serviços que ao Brasil republicano seu marido prestou. Novo monumento lhe vai ser ereto, este de gratidão nacional, mostrando assim a Itália que não se esquece daquela que tanto mereceu pelos seus heroicos feitos. Rende-lhe um preito devido, enquanto nós, esquecidos do que na nossa Pátria praticou, conservamos a sua memória no olvido. Oxalá, possamos um dia ter na base do monumento erguido à sua memória o que se lê, gravado no pedestal do que se levanta."

O historiador Walter Piazza sustenta a tese de que este repto de Henrique Boiteux foi decisivo para a decisão do irmão José Boiteux de iniciar uma campanha de arrecadação de fundos para seguir o exemplo italiano, erigindo um monumento à lagunense em Florianópolis.

Sonho de ambos que se tornou realidade em 1920 com o monumento da Praça Getúlio Vargas, mantendo viva até hoje a memória da brava catarinense.

É curioso observar que a homenagem fica ao lado do Parque Infantil Dona Tilinha, frequentado todos os dias por um número grande de crianças, acompanhadas de seus pais. E o índice de conhecimento das razões daquele marco histórico é pífio, quando deveria ser até local ideal para professores levaram estudantes de primeiro e segundo graus para aulas práticas de História de Santa Catarina e do Brasil.

A ideia que se expressa na primeira publicação sobre a vida e a obra de Anita Garibaldi revela o desejo de promovê-la como heroína que acabou se transformando numa precursora do regime republicano, ao se destacar como guerreira na implantação da República Juliana.

É clara a intenção de Boiteux de transformar Anita em heroína da República brasileira e fazer de Santa Catarina um dos berços das ideias republicanas no Brasil. Seu livro se abre com essa afirmação peremptória: "Não unicamente entre varões se ufana o Brasil de contar heróis: uma mulher, Ana de Jesus Ribeiro, ANITA GARIBALDI, é um deles e gloriosamente se ombreia com os mais dignos".

Ele busca aproximar Anita dos episódios históricos concernentes à proclamação da República Juliana, na Laguna, deixando entender que ela comungava das ideias republicanas. Veja-se estas passagens: "Quando em 25 de Julho de 1839, foi proclamada na Laguna a república catarinense, naquela cidade se achava ANITA, em companhia dos pais". E logo adiante, noutro trecho, assim escreve Boiteux, a se referir à biografada: "A sua exaltada imaginação, super excitada pelos sucessos que acabavam de se desenrolar naqueles sítios, procurava satisfação na contemplação dos navios que compunham a esquadrilha republicana que, sob as ordens de Garibaldi, se preparava para novos feitos".

Entre Henrique Boiteux, o primeiro a escrever sobre Anita Garibaldi quebrando um silêncio de cinco décadas, e o seu principal e mais apaixonado biógrafo, Wolfgang Ludwig Rau, há pelo menos uma singularidade. Ambos tem descendência suíça. Rau, nascido na Suiça e naturalizado brasileiro, residiu em Lages e fixou-se em Florianópolis, onde fez sucesso. E Boiteux descendente de suíço-francês que administrou a colônia "Nova Itália", no vale do rio Tijucas.

A construção da imagem de Anita Garibaldi como heroína, muito mais forte na Itália do que no Brasil e mesmo em Santa Catarina, teve seus principais alicerces nas publicações dos jornais no tempo do Império e nas biografias editadas a partir da implantação da República.

Este processo começa a ficar evidente com manifestações de autoridades militares e empolgados textos de lideres do movimento republicano.

Historiadores costumam lembrar o exemplo do Almirante Frederico Mariath, quando cita Anita Garibaldi no Jornal Mercantil do Rio de Janeiro, enfatizando justamente sua coragem e sua bravura, referindo-se, com detalhes, a um confronto ocorrido na cidade de Laguna por ocasião da Farroupilha.

Livros de ficção, romances ou contos, também costumam ressaltar as virtudes de Anita Garibaldi, dando-lhe um perfil completo de heroína, amante e mãe, descrições que acabam se transformando em bandeiras políticas de partidos e lideranças até em campanhas eleitorais, quando tratam dos direitos das mulheres.

Em 1949, a Editora Pongetti, do Rio de Janeiro, lança o livro "Anita Garibaldi: Heroína por Amor", de Valentin Valente, obra com quase 300 páginas, capa dura, que foi um marco no pós-guerra.

Os irmãos Zumblick, de Tubarão, mais tarde, deixaram contribuições importantes e consideradas históricas sobre a lagunense.

Walter Zumklick publicou em 1976 o livro "Aninha do Bentão", com crônicas leves que resgatavam as caracteristias da região e as qualidades pessoais da homenageada. A segunda edição foi lançada em 1999, comemorando os 150 anos de sua morte.

Reconhecido no Estado por suas qualidades literárias e a força de suas crônicas sobre a cidade e o Estado, o autor procura fortalecer a imagem de guerreira, da mulher apaixonada, libertária, a partir de dados capitados também da história oral.

Outro extraordinário pesquisador emérito regional de Anita Garibaldi e, o principal e mais apaixonado por sua vida e sua obra é o historiador e advogado Adilcio Cadorin. Como presidente da Fundação Anita Garibaldi promoveu vários eventos durante décadas.

Nos anos de 2020 e 2021, desdobrou-se de forma exaustiva em incentivar eventos de toda natureza, da todas as instituições públicas e privadas, ligadas ou não a cultura e à historia catarinense, concedeu centenas de entrevistas a jornais, emissoras de rádio e televisão, instituições nacionais e estrangeiras, sobre a vida e a obra de Anita Garibaldi.

Dotado de memória privilegiada, tem uma narrativa pedagógica para públicos distintos e seu entusiasmo pelo personagem continua encantado plateias por todo o Brasil.

Em 1999, Cadorin lançou a primeira edição do livro "Anita Garibaldi, Guerreira da Republica e das Liberdades" com grande repercussão e sucesso nos meios acadêmicos e culturais.

No ano do bicentenário, Cadorin publicou a quinta edição, ampliada e enriquecida com fatos novos, ilustrações que enriquecem o estudo e na capa a famosa pintura sobre o Batismo de Fogo na enseada de Imbituba.

Outro lançamento inédito para celebrar os 200 anos foi a edição trilíngue(Português, italiano e espanhol) do livro "Dois Mundos e uma Rosa para Anita", do mesmo Adilcio Cadorin.

Durante as comemorações do sesquicentenário da morte de Anita Garibaldi foram incontáveis as reportagens, artigos, crônicas e livros publicados em sua homenagem.

Nos anos seguintes houve notória redução nas menções, mas a lagunense não caiu no esquecimento.

O consagrado escritor e jornalista catarinense Deonisio da Silva, por exemplo, publicou em 2010 o livro "Contos Reunidos", em que destaca o "Balada por Anita Garibaldi", com selo da Leya Editora de São Paulo, em que também presta tributo ao premiado escritor e jornalista gaúcho Josué Guimarães. Creditou-lhe a criação do texto incluída no livro "Amor de Perdição", do próprio Josué. Mas *Balada por Anita Garibaldi* tinha sido publicado originalmente num antologia de narrativas curtas do autor, publicada em Porto Alegre pela editora Mercado Aberto em 1987 e intitulada *Tratado dos Homens Perdidos.*

E para celebrar o bicentenário de nascimento, em 2021, o Grupo Editorial Almedina lançou, no Brasil e em Portugal, "Balada por Anita Garibaldi & Outras Histórias Catarinautas", de Deonísio da Silva.

A escritora tubaronense Edla Zim lançou "O Livro de Anita", obra destinada ao público infanto-juvenil. Na motivação, constatação feita dois anos antes durante viagem a Itália, quando conversou com um uma jovem de nome Anita, que ignorava a origem.

Segundo a autora "o livro conta toda a saga da nossa heroína e é direcionado, objetivamente, para os professores e alunos trabalharem em sala de aula."

O Instituto Histórico e Geográfico de Santa Catarina editou o livro "O IHGSC no Bicentenário de Anita Garibaldi", com uma coletânea de artigos sobre a heroína lagunense.

VIRGILIO VÁRZEA **O amor de Garibaldi**

...Depois da perda desses queridos amigos, achava-me num isolamento completo, como se me visse só no mundo... Tinha, pois, ansiedade de alguém que me desse o seu amor, e este só podia ser o de uma mulher. Só um grande afeto feminino me podia fazer feliz nessa desolação, porque uma mulher é sempre, para o homem o melhor lenitivo às suas dores, o anjo consolador, uma estrela na tempestade. A mulher é uma divindade que nunca se implora em vão, sobretudo quando sofre... E aí, na Laguna, entre as moças mais formosas, uma atraía particularmente a atenção. Ao vê-la pela primeira vez, disse-lhe: "Virgem, tu hás de pertencer-me um dia!" – E com estas simples mas sinceras palavras atara-se um laço que só a morte poderia quebrar...

Garibaldi – *Memorie*

I

Num recanto da borda, à popa, na tolda da *Itaparica,* a pequena escuna de guerra, navio-chefe da flotilha *farrapa* fundeada na Laguna, um homem belo e louro, de estrutura atlética, sentado à balaustrada, o queixo apoiado às mãos, a cabeça inclinada, com os cabelos anelados e longos partidos à nazarena, cismava melancolicamente. Era José Garibaldi, *capitano* de mar da República Rio-grandense que, naquele dia, como de costume, ali passava a tarde, a distrair-se das tristezas que ainda o acabrunhavam pela morte dos compatriotas e amigos queridos, arrebatados pelas ondas, havia um mês, em o naufrágio do

Farroupilha, ocorrido durante a borrascosa travessia da barra do Tramandaí para aquele porto catarinense.

Nessa época (1839), a vila da Laguna – já então denominada Juliana e elevada à cidade e capital do Estado catarinense, federado àquela República – era como um ninho albente de albatrozes pousado nas nossas costas do sul. As suas habitações, em geral acanhadas e pouco numerosas, tinham um aspecto mesquinho, porque eram em parte cobertas de palha, conforme sucedia então em todo o Brasil, principalmente nas freguesias e vilas das pequenas províncias. Davam-lhe, porém, certo ar pitoresco e aprazível as águas mansas da lagoa, sobre as quais se debruçava, e a poética alvura dos cômoros radiando ao sol. Próximo, o rio Tubarão, descendo da Serra do Mar, rolava, nos seus turbilhões, cardumes de peixes e tinha as margens e coroas povoadas de caimãos vorazes. Sobre as ondas azuis e serenas minúsculas embarcações à vela esvoaçavam ou flutuavam, como os infindos bandos de patos-arminhos que com elas se confundiam ao longe. Nas ruas, dantes quase desertas, notava-se agora um desusado movimento, devido à presença das forças republicanas de terra e mar, ao mando supremo do general David Canabarro e à afluência de gente dos lugarejos em volta, que tinha vindo assistir às festas da proclamação da República catarinense. Estava-se em fins de julho. O inverno, com os seus álgidos bafejos austrais, amortecera e tostara o verde alegre das montanhas, das colinas e planuras. Os ventos do sul, cortantes e inclementes, faziam enraivecer e sublevar, noite e dia, os vagalhões bramantes da barra. A vitoriosa soldadesca *farrapa* acampava alegremente por toda a parte, nas choças e ranchos, fazendo soar a cada instante, ao fogo vivo dos churrascos, o bom humor e alacridade gaúcha...

Mas a *Itaparica*, o palhabote *Seival* e a goleta *Caçapava* – os principais navios da esquadrilha democrática – estavam ancorados próximo à terra e Garibaldi, às vezes, empunhando o binóculo de bordo, punha-se a olhar a longa rua da Praia, onde graciosas raparigas passeavam, em bandos, ao esplendor vespertino. Naquela ocasião, nessa principal via pública da Laguna, o movimento era extraordinário e festivo.

Então, deixando subitamente aquelas tristes recordações de afetivo, o bravo chefe marujo ergueu a cabeça e começou a olhar a terra.

Agora, os alegres grupos de moças cruzavam-se, subindo e descendo a rua, mais numerosos que a princípio. Os grossos vestidos de inverno, como os chalezinhos de lã, as flores e fitas dos cabelos esvoaçavam ao vento, agitando-se gracilmente de um lado para outro, num conjunto que atraía.

Tomando o binóculo, Garibaldi pôs-se a examinar um a um esses perfis femininos, desataviados e modestos, mas de um grande encanto campesino. E demorava-se a vê-los, no seu deslizar contínuo, quando avistou, à porta de uma casinha do quarteirão quase fronteiro ao seu navio, uma jovem que o impressionou sobre todas e que, dir-se-ia, o contemplava nesse instante com interesse e curiosidade. Quedou-se a fixá-la algum tempo e ansioso por a ver mais de perto e falar-lhe, se possível fosse, mandou preparar um escaler e largou para o cais, onde saltava instantes depois.

Com a sua blusa de flanela vermelha aberta ao peito, a gola caída à marinheira sobre as amplas espáduas, um gorro também vermelho à cabeça, grossas botas de bordo, um ponche rio-grandense a riscas amarelas e pardas ao braço esquerdo – o futuro *condottiere* das lutas pela unificação da sua pátria entrou a subir lentamente a rua da Praia, na direção desejada, por entre a expectação embevecida e o vivo e glorificante sussurro da admiração popular, dessa admiração, misto de amor e respeito, de curiosidade e fanatismo, que já então começava a cercá-lo por toda a parte e que daí por diante o seguiria constantemente na vida e o segue ainda hoje na imortalidade, aqui no Brasil como além na gloriosa Itália.

Ao enfrentar à casinha, Garibaldi já não viu mais à porta a moça lagunense, sentindo-se por isso meio decepcionado; mas foi até o fim da rua e voltou logo, a passo medido, demorado. Ao defrontar de novo aquele lar, que era agora a sua maior atração, estacou à linha do cais, como a observar a vasta marinha batida da luz do ocaso. De vez em quando, porém, lançava olhares furtivos à querida habitação, através de cujas janelas abertas entreviam um interior límpido e plácido de honestidade e pobreza. E demorava-se numa viva preocupação, esperando ver surgir a cada momento a amada criatura, quando efetivamente ela de novo assomou à porta, fitando-o muito corada e surpresa. Então saudou-a a sorrir, tirando o seu gorro marujo, ao que ela correspondeu num leve mover de cabeça, balbuciando baixinho e emocionadamente: – "Boa tarde!" E ficou de pé ao umbral, cativante no seu todo alto e forte de donzela rústica, no seu vestido azul de chita, num ingênuo acanhamento – uma das mãos a ocultar, por trás do vestido, o cangirão, com que se dispunha ir à fonte acarretar água para a casa, pois o crepúsculo apagava já, a oeste, os seus últimos clarões de ouro.

Garibaldi, vendo a posição entre satisfeita e coacta em que ela se achava, ante a sua presença inesperada, apressou-se em retomar a marcha, descendo a rua. Mas, a certa distância, voltou-se e viu-a deixar a casa em direção à esquina próxima de onde, ao internar-se noutra rua, lançou-lhe como um vago e doce olhar. Volveu então lentamente e, como os grupos de raparigas entrassem a recolher às primeiras sombras da noite e ao vento álgido que caíra, resolveu segui-la, tomando pela mesma rua em que a vira desaparecer. Estugava agora o passo, indo dar por fim a uma praça agreste com algumas casas rareadas. O terreno era uma espécie de pasto raso, onde se abriam e cruzavam fitas brancas de atalhos. Cavalos pastavam de cabeça baixa, soprando a relva com as narinas e tesourando-a às dentadas.

Aí fez alto o enamorado marujo, sem saber o rumo a tomar em meio do descampado. E, lançando em torno um olhar indagador, tomou, por fim, um dos carreiros que levavam ao fundo da praça, fechada toda, dessa banda, pelas ramagens das sebes. Inquieto e no temor de um desencontro, estendeu rebuscadoramente a vista para todos os lados a ver se descobria a moça, por entre as raras criaturas que por ali transitavam. Avançava, parando a cada passo, a escutar, procurando reconhecer os vultos que iam e vinham, até que ouviu, adiante, raparigas chalrarem. Apressando a marcha, na grande esperança de ainda a encontrar, exclamava de si para si:

– É ali a fonte; ela deve estar lá!

Em pouco, encontrou um córrego que cortava o amplo gramado. Subiu por uma das margens e foi dar a um recanto cercado de espessas árvores. Fitas sinuosas de trilhas irradiavam daí sobre a vastidão do largo, e por elas, cachopas galantes e fortes subiam ou desciam, cântaros vazios ou cheios ao ombro, numa alegre zurzinada.

A certa distância Garibaldi estacou, porque avistara já o vulto da amada, de pé junto à fonte, apoiada gracilmente ao pequeno parapeito onde o seu cântaro pousava. Enleado também, agora, não sabia que atitude tomar e, entre o receio de uma repulsa e a hipótese de um acolhimento afável, o seu espírito se debateu, por segundos, numa ansiedade. Afinal, em súbita resolução e impulso, logo e logo sugeridos pelo seu grande amor, aproximou-se da moça, saudando-a e dizendo-lhe com uma franqueza de guerreiro e de marujo:

– Virgem, eu te amo! Minha vida pertence-te, meu coração é teu escravo... Devemos unir-nos, um dia, para sempre...

Ana Maria Bento Ribeiro – tal se chamava a donzela –, nervosa e surpreendida com a presença do chefe marítimo e com aquela declaração, mal pôde responder:

– Sim... Mas agora nada lhe posso dizer... Ficará para outra ocasião... Repare nas pessoas presentes... Poderiam pensar mal de mim... Retire-se, pelo amor de Deus... E se o que diz é sincero, dirija-se primeiro a meus pais... Eu, pela minha parte, também o estimo... Mas dirija-se primeiro a meus pais...

Tais frases tinham sido balbuciadas rapidamente e a medo, ao momento em que o bando das aguadeiras se afastava ao longe, na volta para as casas.

As últimas palavras de Ana – a quem o apaixonado guerreiro da Liberdade tratava já pelo carinhoso diminutivo italiano de "Anita", pois logo lhe perguntara o nome – Garibaldi tomou-lhe a mão e beijou-a, descendo apressadamente a praça, ao reluzir das primeiras estrelas. Entrou na rua da Praia e, enquanto aguardava o escaler que devia reconduzi-lo a bordo, olhando ora o mar onde brilhavam os faróis dos navios, ora o céu cheio de astros, murmurava intimamente, a pensar na amada, num grande júbilo e enlevo de amor:

– Anita, doce nome, anjo querido de Deus!

II

Nessa noite, a jovem lagunense velara em grata insônia, a pensar naquele encontro feliz e nas palavras de afeto do louro chefe marujo, cuja fisionomia de Apolo do mar tão fundamente a impressionara desde a primeira vez que o vira. Fora na pequena matriz da vila, havia apenas dias. Cantava-se um *Te-Deum* celebrando a vitória dos republicanos rio-grandenses, logo após a tomada da Laguna, efetuada a 22 de julho de 1839. Toda a nave do pequeno templo até aos corredores estava repleta de homens rudes e fortes, de olhar negro e tez queimada, armados de pistolas e lanças, espingardas e baionetas, cujas lâminas brilhavam sinistramente.

Ela e outras companheiras, contra a vontade dos pais, que eram legalistas, tinham ido furtivamente espiar a cerimônia, e como se achassem presentes muitas famílias de *farrapos* catarinense assistindo ao triunfo dos seus, deixaram-se ficar entre elas, no encanto daquele ato festivo. Sentara-se junto ao altar-mor e aí vira, no meio de um grupo de oficiais, cercando um homem alto e atlético, claro e de pequeninos olhos castanhos, que diziam ser o general David Canabarro, – um interessante moço estrangeiro, de barba e cabelo louros partidos à nazarena. Quedara-se a fitá-lo por momentos e, numa atração irresistível, durante a solenidade, só a ele se prendera. Muito interessada e curiosa, perguntava a uma amiga se conhecia aquele oficial, quando uma senhora rio-grandense, já de cabeça encanecida, ciciou do lado, entusiasticamente: – "Aquele é o José Garibaldi, menina! comandante em chefe das nossas forças de mar..."

Mas, ao terminar o *Te-Deum,* ela o perdera de vista e ficara um pouco triste. Entretanto, à rua da Praia, no trapiche principal, onde reembarcavam as forças de bordo, tornou a avistá-lo, por instantes, à popa de um escaler que se fazia ao largo.

Seguira com o olhar a pequena embarcação e vendo que atracara à Itaparica, nunca mais deixara de contemplar, às tardes, por algumas horas, da janela da sua casa, esse vaso da esquadrilha democrática, do alto de cuja tolda, em tais momentos, Garibaldi a namorava, através do seu binóculo de mar...

No entanto, na igreja, o grande marinheiro *farrapo* não tivera a ventura de dar com ela, perdida, decerto, no meio da multidão de lindas fisionomias de raparigas rio-grandenses e lagunenses que aí enxameavam, mesmo porque Anita não era nenhuma formosura peregrina que desse para fazer impressão unânime e universal, mas uma fisionomia a traços puros e severos, revelando um espírito como que varonil, de afetos e dedicações profundas, inabaláveis. Era uma dessas filhas do povo a quem a Natureza dotara com caracteres definitivos, imutáveis, verdadeiras almas austeras, amando uma só vez na vida, com abnegação e heroicidade...

Antes, muito antes que a estátua de Ravena lhe houvesse fixado em bronze as feições graves e rígidas de heroína, de companheira de glória do maior *condottiere* da Itália, já a Sorte a destinara àquele que, numa tarde de julho de 1839, a descobrira, e amara do tombadilho do seu barco, Anita, não tinha propriamente a faceirice, a garridice característica do seu sexo, embora estando, como estava, em plena louçania das suas vinte primaveras – porém, sim, o ar sóbrio e modesto, devotado unicamente às ações e deveres do lar. São raras, muitíssimo raras, as organizações dessa ordem no sexo feminino: a generalidade derrama-se pela blandícia, a meiguice, a graça, para servir exclusivamente ao Amor. Mas a espécie sabe também constituir as heroínas com a doação de atributos peculiares. Certo, na humildade da vida incolor e ínfima desse desconhecido lugarejo provinciano naquela época, apartadas a intervenção e influência de Garibaldi, ela não chegaria à entidade extraordinária e singular que viria a ser, dentro em pouco, nem realizaria jamais os altos feitos históricos a que mais tarde se viu levada; e simplesmente vegetaria no viver comum da sua terra e da sua gente, a cumprir, como todas as mulheres em geral, com dedicação e virtude, na obscuridade dos trabalhos domésticos, a sua missão social anônima...

Garibaldi não a notara na igreja, é certo, mas viu-a, pouco mais de uma semana depois, de bordo da sua nave. Viu-a, e ficou encantado. E naquele dia, não podendo mais conter o coração louco de ardor por ela, resolutamente desembarcou e seguiu-a, até à fonte, dirigindo-lhe, por fim, a sua primeira confissão de amor, a que ela correspondeu porque já também o amava,

Que encontro tão simples, quão venturoso, fora esse para aquelas duas almas apaixonadas!

Mas agora uma coisa inquietava Anita – era a oposição que o pai, sem dúvida, levantaria àquela sua inclinação e afeto. Legalista implacável, ele certamente repeliria o noivo, que era um farrapo, um inimigo do trono! A mãe – uma santa, coitada! – pouco poderia valer-lhe em tal caso, porque o pai era inflexível. E, ultimamente, com o estabelecimento ali do governo republicano, andava num mau humor contínuo, dizendo que as tropas imperiais não tardariam a chegar do Desterro com o general Andréa e Mariath à frente para varrer toda aquela “canalha” à espada e à bala...

III

No outro dia, à tarde, muito alegre e na esperança do seu grande destino, Garibaldi desembarcava e, tomando pela rua da Praia, dirigia-se a casa de Anita. Mas o velho Bento Manoel Ribeiro *(o Bentão),* imperialista irredutível, veio em pessoa ver quem era e, esbarrando com ele e conhecendo-o, berrou-lhe furiosamente:

– Que vem fazer aqui? Retire-se... Nesta casa não se recebem *farrapos* e muito menos *gringos!...*

E deu-lhe com a porta. Em seguida correu às janelas e trancou-as uma a uma.

Dentro, na sala de jantar, Anita e a mãe, pálidas de vergonha e de susto, tremiam, quando o velho apareceu, escarlate e ainda em fúria, rugindo:

– Ora sabem o que acaba de dar-se? Uma pouca vergonha. Pois o tal Garibaldi não teve a audácia de vir aqui bater!... Naturalmente queria entrar, não sei com que fim... Mas dei-lhe uma ensinadela, dei-lhe com a porta na cara... *Farrapos* na minha casa, era o que faltava! Bandidos!...

E até a noite, até alta noite, rancorosamente passeou pela casa, armado de uma velha *pederneira,* escutando às janelas e portas, atento a menor ruído.

Anita e a mãe não pregaram olhos e, ao amanhecer, saíram pelas casas vizinhas a saber o que havia, no receio de que o caso se houvesse espalhado e viesse alguma ordem de prisão contra o velho, ainda a essa hora agitado, a rogar praga à República, aos *farrapos*, aos *gringos*. À tarde, porém, as duas criaturas achavam-se já mais tranquilas, porque nada ocorrera de anormal na cidade, e Garibaldi, como sempre, lá estava, na tolda da escuna, a olhar a casinha, o que o *Bentão* ignorava, por não chegar quase à janela "para ver aquela corja", conforme dizia. Ao cair da noite, quando Anila saiu para a fonte com o seu cangirão, já ali encontrou Garibaldi, que lhe faltou de novo, como se nada houvesse sucedido, contando-lhe, ele próprio, todo o ocorrido...

Em vista da atitude do velho e da ansiedade da grande paixão de ambos, que já lhes não permitia mais grandes esperas e ausências, combinaram encontrar-se dali por diante, diariamente, naquele sítio, àquela mesma hora, devendo Anita, em oportunidade de que ele lhe daria aviso, vir preparada para segui-lo até ao seu navio, onde se ligariam como em legítimo matrimônio, até que este viesse a realizar-se, um dia e para sempre, pelos laços legais...

IV

Dois meses depois, Garibaldi recebia ordem de sair para o mar, num cruzeiro de corso pela costa, desde Santa Catarina até a altura de Santos. Chegava afinal, ao mesmo tempo, o momento tão sofregamente desejado pelos dois amantes para a consumação da sua felicidade.

Na noite desse dia, em que os navios deviam deixar a Laguna para a sua expedição, Garibaldi, algumas horas antes, preparando tudo, desceu à terra disfarçado e, num desses golpes de decisão e audácia em que nunca lhe faltou o sucesso, arrebatou Anita, instalando-a consigo a bordo do barco capitânia da esquadrilha *farrapa.*

E altas horas, para iludir a vigilância dos vasos de guerra imperiais que cruzavam fora o litoral, o célebre *condottiere,* para quem a Vitória e a Glória eram duas águias amigas, transpôs a barra afoitamente para as batalhas do Oceano, o coração radiante e feliz, tendo ao seu lado, na tolda, aquela que veio a ser, desde então, o melhor de todos os seus camaradas de guerra e que soube sempre nobremente, como esposa e como mãe, coroar de louros e bênçãos toda a sua vida.

IV

ANITA NAS ARTES

Quando a população de Florianópolis recolhia-se para o descanso noturno tradicional, naquela época, a partir das 22h, o centro histórico foi sacudido por um pavoroso incêndio.

Por causas misteriosas, com múltiplas versões politicas, mas até hoje de origens não oficialmente esclarecidas, naquela noite de 17 de maio de 1956, era consumido pelo fogo o belíssimo edifício da Assembleia Legislativa de Santa Catarina, na Praça Pereira Oliveira, ao lado do edifício sede do Tribunal de Justiça e defronte para a lateral do histórico Teatro Álvaro de Carvalho.

Construído em estilo neoclássico e inaugurado pelo governador Gustavo Richard em 17 de setembro de 1910, atendia pelo pomposo nome de Palácio do Congresso Estadual.

Zelosos funcionários que residiam nas proximidades e foram alertados pelas ruidosas sirenes dos caminhões do Corpo de Bombeiros, com sede a cerca de 500 metros da ocorrência sinistra, correram para tentar salvar o que o interior tinha de mais precioso e histórico.

No meio da correria e, segundo testemunhas, desafiando as chamas que se espalhavam rapidamente, servidores legislativos conseguiram retirar uma joia artística.

Salvaram uma excepcional obra de arte do pintor carioca Guttmann Bicho. Um grande painel de 3,10 metros de largura por 2,10 metros de altura com todos os constituintes de 1891, os autores da Primeira Carta de Santa Catarina no período republicano.

A majestosa obra, na realidade uma fotografia perfeita, decora hoje a sala de reuniões do gabinete do Presidente da Assembleia Legislativa do Estado, no primeiro andar do Palácio Barriga Verde. E, com frequência salta aos olhos como principal cenário das fotografias e filmagens sobre as recepções de autoridades e lideranças politicas, empresariais e comunitárias que recorrem à Chefia do Legislativo.

Carioca nascido em Petrópolis, Bicho frequentou a antiga Escola Nacional de Belas Artes, costumava viajar pelo Brasil vendendo suas pinturas e durante o ano de 1919 permaneceu em Florianópolis.

O painel artístico dos constituintes foi encomendado pelo presidente do Legislativo, deputado Raulino Horn, e entregue no inicio de 1920. Nos anos seguintes, Bicho recebeu vários prêmios do Salão Fluminense de Belas Artes, do Museu e do Salão Nacional de Belas Artes.

Durante sua permanência em Florianópolis, Guttmann Bicho dedicou-se à pintar paisagens sobre as belezas naturais da Ilha de Santa Catarina, e também retratos encomendados ou de sua livre escolha.

Na edição de 19 de novembro de 1919, o jornal “A República” registrava: “Nas paisagens e marinhas que recordam recantos formosos de nossa Ilha, o sr. Guttmann derramou todo o colorido intenso de nossa natureza; ora dando-lhe o cobalto do nosso céu lindíssimo nos claros dias de sol esplendente de luz, ora, refletindo nas águas rumorosas de nossas praias o lampejar verde da esmeralda; ora, semeando tonalidades berrantes pelos recôncavos floridos e verdejantes de nossos arrabaldes. Com fino poder de observação transmitiu às suas telas, tudo aquilo que constitui o justo orgulho dos catarinenses e o encantamento dos forasteiros: a natureza de Florianópolis, vibrando no soberbo colorido de suas tintas de um frescor suavemente delicado."

Entre os retratos que marcaram sua presença na capital catarinense, além do magnífico painel na sede do legislativo, destacaram-se a mais conhecida imagem do governador Hercilio Luz, considerada uma perfeição, também uma fotografia que imortalizou seu perfil.

Outros líderes de expressão nacional, como Lauro Müller, Felipe Schmidt, Vidal Ramos, Henrique Boiteux e Gustavo Richard, também, foram retratados.

E, a criativa imagem de Anita Garibaldi, considerada um marco histórico sobre a vida e a obra da lagunense. As poucas pinturas e desenhos que existiam até então traziam Anita Garibaldi montada a cavalo, segurando em armas e com trajes populares, as vezes gauchescos.

O artista carioca deu "status" à Anita Garibaldi, elevando-a à condição de dama da sociedade catarinense, vestida com elegância. Projeta-se a imagem da heroína com rosto maquiado, brincos, cabelo penteado, forte estrutura corporal, seios robustos e um lindo vestido rodado, cor abóbora, com rendas cobrindo levemente parte do antebraço e o decote com bustos avantajados.

Ao fundo, a paisagem típica da cidade, com belíssimo por do sol, várias colinas e um cipreste adulto pontiagudo destacando-se no cenário, preenchido por um pequeno muro de pilastras.

Completa-se a original composição cênica com colar adornando o pescoço e um bracelete no braço esquerdo, ambos de ouro, e uma fina bolsa na mão direita.

Pintada em óleo sobre tela, o quadro tem 90 centímetros de largura por 1,22 metros de altura. Faz parte do patrimônio do Museu de Arte de Santa Catarina.

Anita Garibaldi também pode ser identificada na imagem sobre Giusepe Garibaldi, do mesmo Guttmann Bicho. Também uma tela de 90 centímetros por 1,16 metros, o italiano surge sentado, com o braço esquerdo sobre uma pequena rocha, barbudo como sempre e gesticulando como se tivesse dialogando com alguém. E logo após, no meio de arbustos, uma figura feminina não identifica que se parece com Anita.

Em minucioso estudo sobre Guttmann Bicho em Florianópolis, a professora Lucésia Pereira, Doutora em História pela Ufsc, fez uma qualificada descrição sobre as duas obras: a de Anita Garibaldi como dama da elite catarinense; e a de Giuseppe Garibaldi em posição semelhante a de um profeta. Escreveu na publicação "Dilemas Pinturescos: Notas sobre a passagem de Guttmann Bicho por Florianópolis em 1919": "Em nosso entendimento, o retrato de Anita Garibaldi realizado por Guttmann Bicho se precipitou num curioso desencaixe. Seria considerado um retrato aceitável se não pretendesse descrever a heroína Anita Garibaldi, ou seja, estava dentro de padrões estéticos aceitos socialmente, mas não cumpria o papel de consagrar imagisticamente as histórias que estavam sendo contadas sobre ela. Afinal, os retratos eram objetos simbólicos e como tal tinham uma função determinada dentro da cultura da época. Executado dentro da fórmula tradicional do retrato afrancesado, território que o artista conhecia por ofício, ele entrou em contradição com as narrativas históricas, investidas cada vez mais de um imaginário moralizante e supra-mundano da personagem."

E prossegue a reflexão: "Se os detalhes compositivos da tela de Bicho se identificam com o aspecto físico e com a indumentária usada recorrentemente para representá-lo, a estrutura narrativa nos leva a uma enigmática encenação, na qual ele utilizou aspectos gestuais explorados por pintores desde o Renascimento. Sobre o rosto da figura em primeiro plano, Bicho incluiu uma luz suave que deixa a ver as linhas firmes, sustentadas por uma vasta barba branca. Recostado sobre algumas pedras, o homem de feições quase bíblicas aponta gentilmente para uma direção, enquanto a outra mão repousa sobre o que parece ser uma bengala ou, quiçá, uma espada. Neste caso, seria uma pálida alusão a figura combativa e heroica, já solidificada na memória histórica. A cabeça está voltada para a imagem de uma mulher, quase um vulto, que encara o espectador e o convoca a participar da cena. Parece evidente que vulto da mulher é uma referência a Anita, que apesar de ser uma lembrança, aparece materializada como suporte da estrutura narrativa."

Guttmann Bicho deixou um legado extraordinário, como comprovou mais uma vez e, recentemente, um sobrinho neto de José Boiteux, o advogado Bernardo Aécio de Meirelles Boiteux. Ele fez a doação à Academia Catarinense de Letras de uma pintura de Henrique Boiteux, belíssima, transmitindo a impressão de ser uma fotografia, com expressões faciais impressionantes.

Na ocasião, revelou possuir outras obras de Bicho, incluindo, um tela maravilhosa de Anita e Giuseppe Garibaldi, ambos em pé, bem trajados e com um olhar amoroso e sublime do italiano sobre a amada.

São centenas e centenas de pinturas que procuram revelar os traços fisionômicos de Anita Garibaldi nestes 200 anos.

A única, considerada mais próxima do personagem, tem a assinatura do pintor genovês Gaetano Gallino, com detalhes históricos tidos como relevantes. Ele produziu a obra em Montevidéu, em 1845,com Anita de corpo presente. E durante a pintura a retratada fez várias revelações ao artista, com ele trocou ideias sobre os mais diversos temas, o que enriqueceu pesquisas sobre traços de sua personalidade e dos anos em que viveu no Uruguai.

Gallino viveu durante 15 anos na capital uruguaia, entre 1833 e 1848. Era formado na Academia de Gênova e radicado, teve um grande produção artística. Nos quinze anos em que viveu em Montevidéu fez muitos retratos, documentando a classe dominante e a alta posição social dos jovens república.

Deixou vários retratos a óleo de importantes figuras históricas, como Anita e Giuseppe Garibaldi, e José Rondeau, entre outros.

De acordo com historiadores "a presença precoce de artistas como Gaetano Gallino no Uruguai contribuiu para a construção da imagem uruguaia na pintura, cujas origens e aprendizado se encontram na Academia Italiana."

Muitas das relíquias artísticas, pinturas, esculturas e monumentos históricos, são resultantes do trabalho do insuperável José Boiteux, o maior intelectual da história de Santa Catarina. Fundador do Instituto Politênico, do Instituto Histórico e Geográfico de Santa Catarina, da Academia Catarinense de Letras, da Faculdade de Direito de Santa Catarina e da semente que resultou na criação da Associação Catarinense de Imprensa, notabilizou-se também com o título de "Semeador de Estátuas". Inúmeros monumentos em homenagem a fatos históricos ou personagens catarinenses que mais se destacaram no Império e na República.

Esta dedicação de José Boiteux, ornamentando praças e jardins de Florianópolis e de outras cidades de Santa Catarina, refrescam todos os dias a memória dos catarinenses, preservaram excepcionais e nobres espaços públicos, são referências educativas e atualmente atração turística.

Pelas pesquisas realizadas por historiadores é de se supor que a pintura de Anita Garibaldi tenha sido sugestão de José Boiteux, eis que ele foi um incentivador das artes e tinha ligações com o artista, por seu projeto de instalar uma pinacoteca no Estado.

É o que revela o historiador Edison d'Ávila, no estudo sobre "Anita Garibaldi nas Artes", escreveu:

"No início do ano de 1919, José Boiteux recebera o assentimento do governador Hercílio Luz para organizar a pinacoteca do Estado, com ofertas e dádivas de produções artísticas que enriquecessem o patrimônio catarinense e demonstrassem o interesse da administração estadual pelas coisas da arte. Bem como, os seus bons préstimos favoreceram convites oficiais, para que artistas viessem a se estabelecer em Florianópolis ou a fazer itinerância na cidade. Assim, somente nesse ano de 1919, quatro artistas plásticos visitaram com mostras a Capital: Guttmann Bicho, Bertoni Filho, Dakir Parreiras e Antonino de Mattos. Dos quatro, o primeiro veio a se estabelecer como professor de desenho e pintura do Liceu de Artes e Ofícios por mais de um ano."

Este quarteto veio para Florianópolis, por todos os indicativos históricos, por iniciativas e ações de José Boiteux, autorizado que estava pelo governador Hercilio Luz para fundar a Pinacoteca do Estado em Florianópolis. Prova é que Bicho lecionou e dirigiu a nova instituição cultural, como noticia o jornal "A República" no dia 25 de março de 1919:

> "Desde que assumiu a direção do ensino de desenho e pintura naquele importante estabelecimento, o Sr. Bicho procurou substituir os métodos adotados. Neste sentido, mostrando a sua conveniência apresentou ao Exmo. sr .dr. Hercílio Luz grande número de estampas feitas pelos alunos que copiam do natural."

Entre os quatro artistas que marcaram presença destacada na capital naquele ano ficou para a história um extraordinário legado cultural.

Dakir Parreiras manteve a tradição e imortalizou a heroína numa grande tela (2,60 x 1,70), sob o título "Fuga de Anita Garibaldi a Cavalo".

Contratado pelo Rio Grande do Sul, o artista mostra Anita descalça, roupa simples e restrita, com o filho recém-nascido no braço esquerdo, e o cavalo em disparada.

A obra integra o patrimônio do Museu Histórico Farroupilha e esteve aos cuidados da Universidade Federal de Pelotas para minucioso trabalho de restauração. É considerada um dos marcos históricos da Revolução Farroupilha.

Reportagem publicada no jornal "Zero Hora", de Porto Alegre, dia 13 de setembro de 1999, destacou: "*Fuga de Anita Garibaldi a Cavalo*" (2,1m x 1,7m) apresenta Anita Garibaldi, moça simples que se tornou esposa de Giuseppe Garibaldi, escapando com o filho primogênito do casal, Menotti, nos braços. Ainda no delicado período do puerpério, ela fugiu do acampamento onde estava, invadido pelas forças imperiais, e se abrigou na mata, até que o amado a encontrasse, dias depois. A tela demonstra, mais uma vez, a abnegação dessa mulher enquanto ser humano, enquanto mãe, enquanto revolucionária. O semblante dela é de desespero porque ela queria salvar a vida do filho. A dela, nem tanto."

O artista italiano Miguel Bertoni Filho produziu centenas de pinturas com paisagens, natureza morta e cenas do interior do Brasil, mas não há referências sobre obras suas na visita a Santa Catarina.

Relevante, entre os quatro, também foi a atuação do artista Antônio Pinto de Matos, idealizador do monumento em homenagem à Anita Garibaldi, existente há mais de 100 anos na Praça Getúlio Vargas, em Florianópolis.

Foram incontáveis os artistas que, no Brasil, Uruguai, Itália e outros países procuraram retratar ou resgatar episódio envolvendo a atuação de Anita Garibaldi.

Em Santa Catarina, além dos já citados, o consagrado Martinho de Haro reproduziu "Anita na Fonte", dando força a um atrativo popular, histórico e turístico de Laguna, em 1956.

Em Florianópolis, outra expressão da arte e da charge, Domingos Fossari, imortalizou a heroína num lindo crayon

Coube, contudo, ao talentoso e criativo Willy Zumblick, imortalizar aquela que é considerada a melhor e mais forte coleção sobre a vida e a obra de Anita Garibaldi.

Em seu livro "Zumblick, uma História de Vida e de Arte", a Professora e Acadêmica Lélia Pereira Nunes, dedica um capítulo sobre "O trajeto de Anita".

Revela que trata-se de um conjunto de 14 gigantescas telas, pintadas a óleo, mas há autores mencionando a existência total de 18 quadros sobre o mesmo tema.

A escritora era amiga pessoal da família e, tendo convivido com o artista, pressupõe-se, que suas pesquisas tenam maior fundamentação histórica.

As magnificas realizações foram produzidas entre 1952 e 1984. Os 10 primeiros quadros foram entregues na inauguração do Museu Histórico de Laguna, instalado na Casa onde foi proclamada a República Juliana.

Segundo Lélia, "Zumblick fez uma leitura visual fascinante da saga de Anita Garibaldi, descrevendo com talento e sensibilidade a trajetória da brava e apaixonada mulher, orgulho de sua terra barriga verde".

Com sua mão de mestre – prossegue – Zumblick deixa o seu pincel corporificar os momentos que marcaram fortemente a história de Anita e de uma guerra entre irmãos brasileiros. Numa concepção de intenso movimento, cheia de cromacia e muita luz, dá vida às personagens, deixa fluir a emoção e nos remete ao imaginário, levando-nos a viajar no tempo daquele cenário histórico de lutas e de tantos sonhos de liberdade e igualdade e ir ao encontro de uma mulher e de um punhado de homens que deram a vida para fazer prevalecer os seus ideais de humanidade."

Um das telas – a aquele da cena mais forte e emocionante de sua trajetória, reconstruindo a fuga a cavalo com o filho recém nascido no braço, está na casa da Família Zumbklick, em Tubarão.

Outra cena história, que impressiona na construção e na narrativa, sobre os lanchões de Garibaldi por terra – encontra-se em Florianópolis, na Casa da Agronômica.

Outras duas maravilhosas criações, relatando a Batalha de Imbituba e a Batalha de Itaparica, estão também na Capital catarinense.A maior parte da coleção enriquece o Museu Willy Zumbkick, no Centro Cultural Histórico de Tubarão.

O Grupo Garibaldino, criado pelo historiador Adilcio Cadorin e por ele incentivado e atualizado todos os dias com dados sobre os eventos comemorativos do bicentenário, relatou as centenas de iniciativas artísticas e culturais em Santa Catarina, no Brasil e na Itália.

Um inventário sobre as novas pinturas, esculturas, monumentos, desenhos sobre a vida e obra de Anita Garibaldi iria revelar uma produção jamais vista nestes 200 anos.

Em Florianópolis, por exemplo, o escritor, advogado, desembargador trabalhista aposentado e arista Umberto Grillo, produziu uma tela maravilhosa de Anita, trajando um vistoso vestido azul, montada num cavalo branco, tendo a compor o cenário soldados, um canhão e cavaleiros em luta.

A super produção televisiva do Grupo ND de Comunicação, também exigiu gravuras especiais que certamente irão se inserir num capítulo especial do Bicentenário.

Gravuras especiais foram criadas pelo chargista e ilustrador Ricardo Manhaes, do jornal "Noticias do Dia".

Os roteiristas e produtores consideraram que esta produções artísticas inéditas "fom fundamentais para retratar passagens importantes da vida da heroína, como o nascimento dos filhos, as batalhas épicas e o casamento."

A Diretora do documentário, jornalista Isabela Hoffmann, destacou: "Trabalhar com ilustrações para ajudar a contar uma história, seja em uma matéria de jornalismo, um documentário ou no cinema, não é algo inédito. Mas na série sobre Anita, as ilustrações do Ricardo trazem algo mais. Trazem a magia de imaginar cenários e situações a partir apenas de dados históricos".

Outra inovação destacado pela Diretora: "Para aproximar ainda mais o telespectador dos cenários da época, as ilustrações ganharam movimento com o trabalho de finalização de Lucas Rezende e João Batistella. "Achei o resultado sensacional! O excelente trabalho de edição foi um aliado que trouxe vida às ilustrações. Modéstia à parte, o resultado pode ser considerado inédito na TV catarinense. Participar de um projeto dessa relevância me aproximou da história de Santa Catarina."

V

ANITA NOS MONUMENTOS

Quando instituições culturais e oficiais catarinenses e italianas realizaram em 1999 inúmeros eventos para resgatar a memória de Anita Garibaldi pela passagem do sesquicentenário de seu falecimento, a Assembleia Legislativa de Santa Catarina organizou uma missão internacional.

O principal objetivo era incorporar o Parlamento Estadual às celebrações na Europa, retribuindo visita de delegações italiana, ampliar o intercâmbio cultural e iniciar negociações para trasladação dos restos mortais de Anita Garibaldi depositados em Roma para Laguna, a terra natal, no sul de Santa Catarina.

A agenda cumprida foi um extraordinário sucesso, pelo número de audiências, pela receptividade das autoridades italianas em vários Ministérios, pelo interesse demonstrado pelos descendentes de Anita Garibaldi e, sobretudo, pelos monumentos, pelas pinturas, pelos museus em várias cidades resgatando a epopeia garibaldina. Impressionaram-se também os visitantes com as obras de arte que compõem todo o acervo italiano do casal Garibaldi.

O rico e variado acervo histórico e cultural sobre Anita Garibaldi surpreendeu e animou a missão catarinense sobre a valorização da vida e obra da "heroína dos dois mundos" em relação ao incremento das relações às publicações sobre sua trajetória.

Mas surgiram também as primeiras frustrações pelo convencimento inicial. Os italianos foram incisivos e definitivos na manutenção dos restos mortais de Anita Garibaldi em Roma.

O roteiro de reuniões e visitas comprovou que tinham razão.

Na oitava colina de Roma está o Gianícolo, um lindo parque ajardinado e arborizado, que acolhe magníficas esculturas em mármore e bronze, com os marcantes fatos sobre a República Italiana.

Tornou-se célebre porque ali Giusepe Garibaldi repeliu o ataque das tropas francesas na campanha pela instalação da República.

A colina fica na parte alta do bairro Trastevere, um dos pontos turísticos mais populares da capital italiana. Ali há várias atrações, como Fontana Dell'Acqua Paola, esplêndida fonte de mármore do século XVII, marco do antigo aqueduto romano.

Os católicos incluem visitas ao ecológico parque para visitas a Igreja de San Pietro in Montorio, ali edificada pela versão de que no local São Pedro foi martirizado.

No ponto principal do parque do Gianícolo dois monumentos se destacam: uma imponente estátua de Giuseppe Garibaldi montado a cavalo sobre uma retangular base de granito e a base rodeada de esculturas sobre as batalhes pela unificação; e outra estátua e qüestre de Anita Garibaldi chama a atenção pela beleza artística, criatividade e o poder simbólico que revela aos visitantes.

Instalada sobre um enorme pedestal de concreto e granito, destacam-se, entre a maravilhosa e movimentada escultura de Anita e o solo, uma série de esculturas com cenas de sua vida em batalha e uma especial com Giuseppe conduzindo-a nos braços nas ultimas horas de vida em Mandriole, norte da Itália, onde veio a falecer em 4 de agosto de 1849.

A estátua de Anita Garibaldi no Gianícolo encanta, monopoliza a atenção e resume a biografia de guerreira que construiu ao longo de uma vida tão curta e tão marcante na história de Santa Catarina, do Rio Grande do Sul, do Brasil, do Uruguai e da Itália.

A valente e destemida Anita surge no alto, montada no cavalo, com o filho recém nascido no braço esquerdo e uma arma na mão direita pronta para a batalha. O cavalo com as patas dianteiras no ar, cabeça levantada, sustentado apenas com as duas patas traseiras fixadas no mausoléu, fixando a imagem de que vai avançar sobre o inimigo ou saltar sobre um obstáculo.

A escultura é concepção e realização do consagrado artista italiano Mário Rutelli, que já ganhara notoriedade pela construção do monumental Teatro Massimo de Palermo, sua terra natal. Sua obra prima estava também imortalizada na majestosa Fontana delle Naiadi(Fonte de Náiades, na mitologia grega ninfas com poder de cura), de 1901, situada na Piazza della República, em Roma.

O traços de Anita Garibaldi e os detalhes fisionômicos do cavalo são de impressionante realismo, com pormenores humanos e uma singular precisão no movimento das patas do animal e sua musculatura.

Curioso observar que neste magnífico monumento, como em outras obras de arte equestres, Anita Garibaldi está com as duas pernas no lado esquerdo do cavalo. Fato relevante a comprovar a destreza com que cavalgava com segurança nas mais dramáticas circunstâncias.

Um documentário com cerca de quatro minutos, assinado pelo Instituto Luce Cinecittá, resgate cenas reais da cerimônia de inauguração, presentes autoridades militares e um grande público.

Na parte inferior do monumento há uma placa comemorativa do Centenário da Guerra dos Farrapos.

> Textual: "A Annita Garibaldi
> Governo Brasileiro
> Em comemoração do centenário de Farrapos
> 20-9-1835 – 20-9-1935"

A cena esculpida, imortaliza de forma extraordinária fato ocorrido na localidade de Mostardas, hoje município gaúcho situado a 214 km ao sul de Porto Alegre, banhado pelas águas do Oceano Atlântico.

Ali nasceu em 16 de setembro de 1840, o primeiro filho do casal, Domenico Menotti Garibaldi, na fazenda dos Costa, em plena Revolução Farroupilha. Quando Garibaldi ausentou-se para fazer compras em Viamão, a 180 km, perto de Porto Alegre, as tropas legalistas cercaram a casa onde Anita Garibaldi convalescia do parto com o filho de apenas 12 dias. Os legalistas fiéis ao Império queriam subjugar Giuseppe.

Anita voltou a surpreender. Mesmo desrespeitando o indispensável repouso das parturientes e em período de amamentação, tomou o filho nos braços, montou num cavalo e desapareceu na escuridão da noite.

Foi esta cena histórica, a atitude de fuga, vivendo momento heroico na frágil maternidade, na desafiadora missão, domar o animal a todo galope e proteger o filho num dos braços, que ficou imortalizada no mausoléu do Gianícolo.

O historiador Cláudio Fogu, da Universidade da Califórnia, publicou tese sobre o episódio e a homenagem do Gianícolo, informando que o ditador Benito Mussolini(1883-1945), que mandou construir o monumento, chegou a visitar o estúdio de Mário Rutelli, em Palermo, para aprovar o projeto. E que teria ordenado que Anita segurasse sua arma numa das mãos e o filho Menotti na outra.

Foi uma solenidade política de grande repercussão popular. Uma multidão compareceu ao ato presidido por Mussilini, que leu um discurso em que enalteceu a lagunense por suas qualidades de guerreira, mãe e mulher.

Verdade ou ficção, esta revelação do pesquisador americano não coincide, por exemplo, com uma das maravilhosas pinturas do excepcional artista tubaronense Willy Zumblick.

A criteriosa seleção de catorze obras do talentoso pintor – o que de maneira mais genial resgatou fatos históricos de Santa Catarina com impressionante sensibilidade no uso das cores e no contraste entre o claro e o escuro- incluiu a cinematográfica fuga de Anita Garibaldi em Mostardas. E, em sua criativa leitura artística, a heroína usa a mão esquerda para segurar as rédeas, tendo no braço direito o filho protegido junto ao peito, coberta por um xale.

A versão de Zumblick baseia-se certamente na carta que Anita escreveu para a irmã três meses após o nascimento do primeiro, relatando a fuga da fazenda dos Costa, em Mostardas.

Um dos mais dedicados biógrafos de Anita Garibaldi, o engenheiro Wolfgang Ludwig Rau, autor da mais intensa, longa e completa pesquisa realizada no século XX, assim relata o episódio: "Anita, avisada no último momento na casa dos Costa, fugiu precariamente vestida, num cavalo, a pleno galope, levando ao colo Menotti, ela mãe de uns doze dias apenas".

E prossegue: "A espetacular fuga de Anita com seu recém-nascido, inteiramente espontânea e despreocupada com sua saúde – num século em que grande percentagem de mulheres ainda morria anualmente de febre puerperal infecciosa – bem demonstra seu caráter de mulher equilibrada e de acertadas reações, malgrado as críticas em contrário que se lhe faziam injustamente. Nenhuma indecisão lhe retarda a iniciativa pura e sã, única viável no último instante ante a aproximação iminente do violento inimigo: salvar o filho e a própria honra".

A pronta reação não tinha apenas o poder de proteção materna ou de sua dignidade. Tinha consciência das graves ameaças contra o marido, conhecidas de todos pela violência com que o capitão Pedro de Abreu, o chamado Francisco Pedro Moringue, futuro Barão de Jacuí, trava seus inimigos republicanos, o ódio mortal que nutria por Garibaldi e a repercussão que teria sua prisão ou morte.

Este detalhe do ódio do oficial monarquista contra Garibaldi é revelado por Anita em carta encaminhada à irmã em dezembro e 1840, portanto dois meses após o nascimento do filho.

Escreveu: "Por amor a ele (Menotti), acho que eu poderia viver em casa por um certo tempo, como em Laguna, quando eu era menina, com toda aquela gente miúda à minha volta. Mas seria contra a minha natureza, porque tenho necessidade de espaço, de movimento, de justificar e algum modo a minha existência...acho que os filhos precisam do pai e da mãe, mas o quanto antes devem tornar-se independentes e capazes de sobreviver...Suas aventuras já começaram, embora ele não perceba nada. Algum dia, ele vai se divertir quando eu lhe contar essas histórias. Imagine que apenas doze dias depois de sua chegada a este mundo ele quase foi capturado e morto por Moringue. Você sabe que fama de comandante cruel tem este homem! Três dias antes, José tinha ido para Vila Setembrina, para trazer provisões e também roupas quentes para o menino. Esperto como é, Moringue deve ter ficado sabendo da ausência e logo pensou em aproveitar para nos capturar. À noite seus homens se aproximaram da fazenda, mas foram identificados pelos guardas e pelos cães, que tentaram detê-los. Ouvindo o barulho e os gritos, percebi que estávamos em perigo. Peguei o Menotti e um xale grande e sai correndo, ainda de camisola, pelos fundos da casa e entrei na estrebaria. Ali, numa morna escuridão, ficavam os cavalos da casa. Saltei para o primeiro que vi e fugi a galope, no escuro, sob a chuva forte, na direção da floresta, com Menotti apertado ao meu peito.

Não conseguiram nos raptar porque antes que percebessem eu já estava longe. Escondi-me na mata, num lugar de vegetação cerrada. Fiquei apavorada com a ideia de me pegarem o menino. Fiquei por aqueles lugares durantes três dias e três noites, esperando a volta de José. Menotti não parecia muito preocupado; dormia, mamava tranquilamente, enroladinho no xale...você pode imaginar o meu alivio quando, no terceiro dia, ouvi a voz de José gritando meu nome, andando desesperado pela mata".

A cidade de Tubarão, no sul de Santa Catarina, ganhou do Governo da Itália o primeiro monumento a Anita, instalado em Morrinhos. Tubarão, porque o distrito de Morrinhos, no século XIX pertencente à Laguna, passou a integrar à nova formação geopolítica com o desmembramento e sua emancipação.

Trata-se ali de uma obra do artista Itarin, contendo um marco comemorativo ("1821 – Hic nascitur Annita, 1932 – Italica gens possuit") e um canhão na base, que teria pertencido ao famoso *Seival*.

O espaço histórico fica localizado na Estrada Geral da Madre, numa região pouco habitada, com poucas e humildes casas da pescadores, com varias fazendas de gado nas proximidades, ocupando grandes áreas.

Fica distante cerca de 6 km do centro de Tubarão, num trajeto mesclando estrada pavimentada e de chão batido.

Documento da Prefeitura de Tubarão descreve o monumento: "Por sua representação heroica e como marco histórico, o governo italiano, em 1932, homenageou a memória de Anita Garibaldi, construindo um monumento na comunidade onde nasceu. A base do monumento é um obelisco em pedra, com duas placas em bronze fixadas, uma na base e outra no centro da estrutura."

Posteriormente, outros monumentos foram construídos, tornando o local um conjunto de diferentes épocas e estilos, mas sempre com o objetivo de homenagear Anita Garibaldi. Fazem parte do conjunto: Canhão de Armada, com base de concreto sobre o qual foi apoiado de um dos navios em que a heroína havia lutado; localizado à direita, um pouco atrás do Obelisco, está o Painel em concreto, feito em alto-relevo, obra do artista plástico Willy Zumblick, que representa o episódio em que Giuseppe e Anita se encontram na Fonte da Carioca em Laguna. Esse, aliás, é um dos episódios narrados de forma romantizada e poética em toda a história, e faz parte do imaginário cultural da região.

Há, ainda, um poço de tijolos construído também como lugar marco desse encontro. Na lateral oposta, à esquerda, foi criado outro painel em concreto emoldurado por uma estrutura de tijolos aparentes. A imagem, em alto-relevo, apresenta Anita ao centro, em pose heroica, ladeada por combatentes revolucionários. O conjunto está apoiado em duas espadas cruzadas e sobre a estrutura está um pequeno canhão moldado em concreto. A obra é atribuída a Dorival Mateus de Oliveira."

Destaca-se, também, uma placa colocada embaixo da mais antiga no bloco de granito, datada de 23 de junho de 1937, homenagem do Batalhão Escolar.

Na lateral, fixada no muro que divide o terreno baldio, uma grande placa de bronze horizontal identifica o monumento: "Aqui nasceu Ana Maria de Jesus Ribeiro (Anita Garibaldi). Homenagem da Mulher Tubaronense no "Dia Internacional da Mulher". Tubarão, 08/03/1998. Apoio: Rodovia Tereza Cristina S/A."

No mesmo muro de tijolo projeta-se uma parede mais alta, pintada de branco, com letras enormes em duas linhas, anunciando: "Monumento Anita Garibaldi".

E outra placa de bronze, vertical, com os dizeres: "Ana Maria de Jesus. *Morrinhos (hoje localidade de Anita Garibaldi) em 1821. +Mandriole-Itália- 04-08-1849. Nesta data comemora-se o sesquicentenário da morte da heroína Anita Garibaldi. Tubarão- 04 de agosto de 1999-ACIT-ADOCON-CERGAL-COMTUR- Genésio de Souza Goulart-Prefeito Municipal."

Sobre esta placa um "QR Code" do município de Tubarão com informações turísticas sobre a cidade.

Dois postes de ferro pintados de preto sustentam o sistema de iluminação.

A cidade de Tubarão tem dois outros marcos em homenagem à heroína: a Herma de Anita Garibaldi, no Paço Municipal, e Memorial Aeroporto Anita Garibaldi, em cuja praça a Prefeitura instalou um avião modelo Neiva T-25, doado pela Força Aérea Brasileira.

O Porto de Imbituba, no litoral sul de Santa Catarina, é conhecido por suas condições geográficas e pelas belezas naturais que o cercam. Situado numa linda enseada, no extremo sul da Praia do Porto, com o extenso molhe ali construído protege os navios contra condições climáticas adversas.

A tradição da população local é a atividade pesqueira, resultado da existência ali da IV Armação da Pesca da Baleia do Brasil, atividade exercida do século XVIII até 1973.

A paisagem é exuberante, mostrando os morros nas duas extremidades, contrastando com as ondas do Oceano Atlântico. Um Mirante localizado no alto ao norte da praia pode ser observada toda a extensão da praia e o movimento de navios ancorados no porto.

Daquele ponto, um cenário exuberante surge mais ao norte, numa maravilhosa praia, ainda virgem e sem habitações, onde as ondas do mar quebram e deslizam suavemente na praia de areia branca.

O Mirante virou uma das atrações turísticas da cidade de Imbituba. Ali foi construído um monumento em homenagem à Anita Garibaldi, recuperando um feito histórico.

Assinala a Batalha Naval que iria definir o futuro da República Juliana e os heroicos capítulos que marcaram a vida da heroína lagunense.

O monumento é marcado de simplicidade, mas de significado histórico. Constitui de um quadrado protegido por correntes de plástico nas cores amarelo e preto, ao centro um obelisco de pedra em forma de um trapézio, encimado por um busco de Anita Garibaldi.

A escultura em bronze é assinada pelo artista Jean Cristiano Rodrigues, de Palhoça, e foi erguido em 2019 pela Prefeitura de Imbituba, em parceria com a Secretaria de Infraestrutura do governo estadual, comemorando no dia 4 de novembro os 180 anos da Batalha Naval.

Na frente da estrutura de pedra, uma placa de metal descrevendo detalhes do feito histórico. Ao lado do busto dois canhões.

A placa tem por título "Monumento Batalha Naval de Imbituba – 4 de Novembro de 1939 – Batismo de Fogo de Anita Garibaldi".

O texto destaca: "Poucas cidades tem feitos e heróis para reverenciar. Em Imbituba(SC), há 180 anos, num dia de primavera como hoje, o Império do Brasil atracava a República Juliana. Os tres maiores navios da esquadra Imperial, o ANDORINHA, o BELA AMERICANA e o PATAGÔNIA, comandados pelo 1º Tenente João Custódio d'Houdin entravam na enseada de Imbituba para dar combate aos lanchões RIO PARDO E SEIVAL da frota comandada por Giuseppe Garibaldi, apoiada em terra por um destacamento comandado pelo Coronel Teixeira Nunes, acantonado na praia onde depois seria construída a capelinha de São Pedro da Praia.

Eram os últimos dias da república e dos ideais de Giuseppe e Anita Garibaldi no sul do Brasil. Mas seria em Imbituba o Batismo de Fogo da heroína das lutas republicanas no Brasil, Uruguai, Argentina e Itália."

E assinala outros detalhes do episódio histórico.

A solenidade de inauguração contou com a participação das Guardiãs de Anita, dos prefeitos de Imbituba, Rosenvaldo Júnior, e de Laguna, Mauro Candemil, vereadores e outras autoridades.

A mais autêntica narrativa sobre a histórica Batalha de Imbituba foi escrita pelo escritor Alexandre Dumas, no depoimento do próprio Giuseppe Garibaldi, como consta do Capítulo XXV, página 77:

"Na altura da ilha de Santa Catarina, quando voltávamos, encontramos um patacho de guerra brasileiro. – Tinha unicamente comigo dois navios, o Rio Pardo e o Seival, porque a Caçapava havia muitos dias que se tinha separado de nós por causa de um grande nevoeiro. Quando descobrimos o navio inimigo estava na nossa proa, por isso não havia meio de o evitar. Navegamos então direito a ele e o atacamos resolutamente. Começamos o fogo e o inimigo respondeu-nos, mas este combate teve um êxito medíocre por causa do muito mar.

– O seu resultado foi a perda de algumas das nossas presas, porque os seus comandantes assustados pela superioridade do inimigo, baixaram os pavilhões. – Outros deram à costa

Uma só das nossas presas foi salva. Era capitaneada por Ignacio Bilbáo, o nosso bravo biscainho que a conduziu a Imbituba, que então se achava em nosso poder. O Seival tendo a peça desmontada e fazendo água, tomou o mesmo caminho, e eu fui obrigado a segui-los porque estava com muito poucas forças para andar só no mar.

Entramos em Imbituba, impelidos pelo nordeste. Com este vento era-nos impossível entrar na lagoa e com certeza os navios imperiais estacionados em Santa Catarina, informados pelo Andorinha, assim se chamava o navio de guerra com quem tínhamos combatido, não tardariam a vir atacar-nos; era pois necessário prepararmo-nos para o combate. O canhão desmontado do Seival foi içado num promontório que fechava a baía do lado do levante, e ali construímos uma bateria coberta com cestões.

Com efeito, no dia seguinte ao romper da aurora, vimos três navios dirigindo-se para nós. O Rio Pardo, começou então um combate muito desigual, porque os imperiais nos eram muito superiores em número.

Havia querido desembarcar Anita, mas ela não tinha consentido, e como do fundo da minha alma admirava a sua coragem e me achava orgulhoso pelo seu valor, cedi aos seus rogos.

O inimigo favorecido na sua manobra pelo vento que então fazia, manteve-se à vela, canhoneando-nos furiosamente. Podia desta maneira aproveitar todos os seus canhões, dirigindo todo o seu fogo contra a nossa galeota. Nós, pelo nosso lado, combatíamos com a mais obstinada resolução e estávamos tão perto que nos podíamos servir das nossas clavinas; as perdas eram de parte a parte importantes. As nossas contudo eram mais numerosas em razão da inferioridade numérica, e a coberta já se achava cheia de mortos e feridos. Apesar de tudo isto, apesar do flanco do nosso navio estar crivado de balas, da nossa mastreação ter avaria, estávamos resolvidos a não ceder, deixando-nos matar até ao último. É verdade que éramos conservados nesta resolução pela vista da amazona brasileira que estava a bordo. Anita, que, como já disse, não havia querido desembarcar, tinha também tomado parte no combate, e com a clavina na mão, coadjuvava-nos admiravelmente. Éramos também, devo dizê-lo, perfeitamente sustentados pelo bravo

Manuel Rodrigues, comandante da nossa bateria de terra. O inimigo estava muito encarniçado, especialmente contra a galeota. Muitas vezes durante este combate, aproximou-se tanto que julguei que ia abordá-la, o que me dava muito prazer, porque estávamos preparados para tudo.

No fim de cinco horas de uma luta terrível, o inimigo, com grande admiração nossa, retirou-se. Soubemos depois que a morte do capitão da Bella Americana tinha sido a causa.

Tive durante este combate uma das mais vivas e cruéis emoções da minha vida. Anita achava-se de sabre em punho em cima do tombadilho, animando os meus homens. Repentinamente uma bala a derrubou e a dois dos meus camaradas. Corri para ela, julgando não encontrar mais que um cadáver, mas Anita levantou-se sã e salva; os dois homens estavam mortos; supliquei-lhe então que descesse para a câmara.

– Sim, vou descer, me disse ela, mas é para enxotar os poltrões que lá se foram esconder.

E bem depressa tornou a aparecer, trazendo por diante dois ou três marinheiros, envergonhados, por serem menos bravos que uma mulher.

Passamos o resto do dia a sepultar os mortos e a reparar as avarias, que não eram pequenas, causadas à galeota pelo fogo do inimigo. No dia seguinte os imperiais não apareceram, porque sem dúvida se preparavam para um novo ataque; vendo isto embarcamos o nosso canhão e levantando âncora pela noite, dirigimo-nos para a lagoa."

Uma das primeiras homenagens permanentes e públicas no Brasil, em memória de Anita Garibaldi, registrou-se no Rio Grande do Sul. No dia 20 de setembro de 1913 foi inaugurado um monumento na Praça da Concórdia, atual Praça Garibaldi, em Porto Alegre.

Uma esplêndida escultura em mármore de Carrara, presente da comunidade italiana no Rio Grande do Sul, obra do artista Filadelfo Simi. Foi encomendada em 1908 em Florença, Itália, e trazida para o Brasil cinco anos depois.

Foi construído a partir de sugestões e movimentos de descendentes italianos para celebrar a memória do combatente italiano, a partir do centenário em 1907.

A obra está estruturada em um pedestal de corte quadrado, com coroas de carvalho e louro esculpidas nas laterais, servido como base para um grupo escultórico também em mármore figurando o casal.

Apresenta Anita ajoelhada à frente e à direita de Giuseppe, em uma atitude dinâmica como se em plena organização de uma ação que se desenrola, invisível, à sua frente, com os braços em direções opostas como a dar ordens ou indicar caminhos, e com o vulto em expressão enérgica e inspirada, ainda que serena. Ligeiramente atrás dela se ergue Giuseppe, de pé, com boina cobrindo a cabeça e um grande manto lançado sobre suas costas caindo pelo seu lado esquerdo, com a perna esquerda descansando à frente e apoiando o peso na perna direita recuada e em sua espada, que toca o solo, segurada por sua mão direita. É uma pose clássica de um soberano, mostrando desprendimento e tranquilidade, o que contrasta com a figura de Anita, dinâmica e movimentada, como a apenas supervisionar a ação por ele planejada da qual sua mulher parece ser o agente executivo.

O monumento se completa com um pequeno canhão à direita de Anita.

Com o tempo, no século XXI, a escultura estava escurecida e pichada, o que exigiu restauração depois de várias críticas de lideranças e setores culturais gaúchos.

Formado pela Academia de Belas artes de Florença, Filadelfo Simi era um artista com larga formação acadêmica e detentor de vários prêmios, além de ter idealizado e realizado outros projetos de repercussão popular.

Laguna tem um roteiro especial com vários pontos educativos e de atração turística sobre Anita Garibaldi.

No magnífico centro histórico, com casarios coloridos, estilo português, bem conservados, destaca-se a Igreja Matriz de Santo Antônio dos Anjos, obra de 1735, situada na Praça Vidal Ramos.

A seu lado, na esquina, a Casa de Anita Garibaldi, muito bem preservada, que se destaca pela pintura ocre nas paredes externas, azul escuro nas aberturas e as janelas de branco.

A publicação oficial da Prefeitura relata: "Foi nessa casa que Anita Garibaldi vestiu-se para o seu primeiro casamento, com o sapateiro Manoel Duarte de Aguiar, em 1835. A casa típica colonial luso brasileira foi construída por volta de 1711. Atualmente, o prédio funciona como museu, com um acervo que lembra a trajetória de Anita e seu romance com Giuseppe Garibaldi. Guarda, além de móveis de várias épocas e utensílios, uma urna com a terra da sepultura da heroína e o mastro do navio "Seival", uma das embarcações transportadas por Giuseppe Garibaldi desde o interior do Rio Grande do Sul tomada de Laguna.

A edificação foi restaurada na década de 1970 e transformada em relicário histórico.

O espaço mais visitado em Laguna, contudo, inclui um conjunto histórico com as Praças Anita Garibaldi, República

Juliana e Jerônimo Coelho, onde despontam o magnífico prédio do Museu Anita Garibaldi, o Monumento em homenagem à heroína, e o busto do fundador da imprensa e da maçonaria de Santa Catarina, Jerônimo Coelho.

O principal destaque em Laguna é a imponente estátua, construída e inaugurada graças a um decreto do então governador Celso Ramos, que transferiu R$ 700.000,00 cruzeiros para sua edificação.

O projeto foi idealizado e executado pelo escultor gaúcho Antônio Caringi, vencedor de concurso público instituído de âmbito nacional.

Anita sobre um obelisco de granito surge, em brado vitorioso, com vestido longo, braço esquerdo levantado com a mão aberta e braço direito segundo um fuzil encostado no obelisco, com joelho direito inclinado para frente, dando movimento à imagem.

Na parte inferior da estrutura de granito, duas placas de bronze. A maior indicando: "À Anita Garibaldi, o Governo e o Povo de Santa Catarina. Inaugurado em 20-9-1964".

Outra placa, menor, assinala o sesquicentenário de sua morte: "Anita Garibaldi – A Laguna e o Brasil reverenciam os atos heroicos marcados pela bravura nos 150 anos de sua morte. ITÁLIA-04 de Agosto de 1849 – LAGUNA-04 de Agosto de 1999. João Gualberto Pereira -Prefeito Municipal-Rogério Wendhausen – Vice-Prefeito".

E, mais recentemente, realizou-se o descerramento de placa sobre os 200 anos de nascimento.

Antônio Caringi já era escultor consagrado quando participou e venceu o concurso público. Com ampla formação acadêmica no Brasil e na Europa, além de premiado em vários concursos, realizou outros projetos que imortalizaram suas obras no Rio Grande do Sul e no Brasil.

Já em 1934 entregou a estátua equestre do general Bento Gonçalves em Porto Alegre, comemorando o centenário da Revolução Farroupilha.

Entre os trabalhos mais conhecidos e que deram maior notoriedade destacam-se o Monumento Nacional ao Imigrante, de 1954, em Caxias do Sul; Herma de Getúlio Vargas, de 1955, em Rio Grande; Monumento ao Expedicionário, de 1957, no Parque Farroupilha; e, a Estátua do Laçador, uma das mais famosas, de 1958, em Porto Alegre, entre dezenas de bustos, estátuas e monumentos.

Fato curioso é que as principais referências históricas em homenagem a Anita Garibaldi em Laguna chegaram décadas depois do criativo monumento na Praça Getúlio Vargas, em Florianópolis.

Iniciativa de José Boiteux, que ficou na história pela fundação do Instituto Politécnico, Instituto Histórico e Geográfico de Santa Catarina, Academia Catarinense de Letras, Faculdade de Direito, entre outras instituições.

Ganhou homenagens, também, como o “Construtor de Estátuas”,

Igualmente aqui, pelo que indicam os historiadores, sonho acalentado por José Boiteux.

No início do século XX, promovera movimento de contribuição comunitária para construção do Monumento a Fernando Machado, na pequena que leva mais próxima ao mar, ao lado da Praça XV de Novembro.

José Boiteux começou a se encantar pela historia de Anita Garibaldi com o entusiasmo de seu irmão Henrique Boiteux.

O jornal "República", que tinha como Diretor Proprietário justamente José Boiteux, publica um pequeno comentário de Henrique em defesa da construção de um monumento em homenagem a Anita Garibaldi.

Na capa do jornal, escreveu sob o título "Annita Garibaldi--Estátua à Heroína Catharinense": "Em breve teremos, garboso, o Parque 17 de Novembro: realiza-se meu sonho de há muitos anos, a medo confiado em redas íntimas temeroso de ser considerado um idiopathico.

Na minha fantasia de moço, já via levantar-se no meio d'ele a figura legendária de Annita Garibaldi.

Ainda hoje, não morreu nem foi esquecido com a idade este sonho; muito ao contrário, cristalizado tem em mim, embora mudo, perene cogitação, esperando ocasião asada para pô-lo em execução.

Si não fosse um sucesso imprevisto de nossa vida social, o qual na sua tremenda explosão delaniou muitas ambições e sufocou minhas aspirações, seria de crer que, no dia 20 de agosto próximo, assistíssemos à glorificação d'aquela em cujo pedestal em Ravenna já se lê *Il monde te amira, la pátria te adora.*

Se eu parar, outros continuarão".

Henrique Boiteux publicou, em 1906, no Rio de Janeiro, o livro "Anita Garibaldi – Heroína Brasileira", com selo da Editora Bevilacqua, depois de ter produzido aquele que é considerado o primeiro histórico sobre a Revolução Farroupilha e os desdobramentos com a República Juliana em Santa Catarina, publicado no Anuário de Santa Catarina.

No início do século ocorreram várias iniciativas de valorização de Anita Garibaldi, como relata Celso Martins em sua obra "José Arthur Boiteux: um intelectual em ação".

Anotou: "Em 1906, no Rio surge uma comissão integrada por jovens catarinenses interessada em erguer uma estátua da "heroína". Em Urussanga, no sul de Santa Catarina, a Diretoria do Clube Anita Garibaldi entrega a José Boiteux e a Lauro Müler títulos de sócios honorários. No dia 4 de agosto, na passagem dos57 anos de sua morte a rua Capitão Salomão, no Rio, ganha a denominação de Anita Garibaldi. Outras iniciativas ocorrem em Porto Alegre e em São Paulo."

Logo em seguida, o próprio José Boiteux, com livre trânsito nos meios políticos e culturais do Rio de Janeiro, escreve artigos publicados em três edições da revista Arquivo Catharinense, em 1908.

Desde que concluira a entrega da Estátua do Coronel Fernando Machado, José Boiteux fixou-se na homenagem a Anita Garibaldi.

Os jornais da época trazem notícias sobre o novo projeto. Um dos registros está no jornal "O Estado", edição de 31 de março de 1919, em que José Boiteux faz uma conclamação as autoridades e a população para arrecadação de fundos com vistas a homenagear Anita Garibaldi.

Publicou o seguinte convite: "Senhor Redator, Agora que acabo de receber uma carta de Corrêa Lima, na qual o ilustre escultor dá-me notícia de que acha-se, no Rio, à minha disposição o busto em bronze do fundador da Imprensa catarinense, cuja herma em breve será inaugurada no centro do Jardim "Conselheiro Mafra", animo-me a convidar todos quantos, admiradores dos feitos gloriosos da heroína dos Dois Mundos, a ínclita mulher catarinense que foi Ana de Jesus Ribeiro (Anita Garibaldi) concordarem comigo na ereção de um monumento que lembra a extraordinária figura histórica dessa nossa conterrânea, já imortalizada no bronze e no mármore, fora desta terra que lhe foi o berço, a comparecer à reunião que convoco para, quinta-feira, 3 do corrente, às 12 horas, na sala de audiências da Secretaria de Interior e Justiça; agradecendo antecipadamente a quantos se dignarem de dar-me o prazer de sua apreciada presença. José Arthur Boiteux."

Criou comissão, começou a angariar recursos públicos e particulares, além de contribuições dos municípios vizinhos. Definiu que o escultor seria Antônio Pinto de Mattos, que já atuava como colaborador na estátua de Fernando Machado.

O esforço de angariar os recursos para construção do monumento foi excepcional. Ao contrário do líder militar, falecido na Batalha do Itororó, depois de brilhante carreira e com nome de grande prestígio, a lagunense Anita Garibaldi estava longe de consenso.

A sociedade conservadora de Florianópolis a encarava como a mulher que traiu o sapateiro para se amasiar com um aventureiro italiano.

Por isso, na época, o projeto inicial de instalar o monumento na Praça XV não vingou, prevalecendo a praça distante, na época atendendo pelo nome de Bairro do Mato Grosso.

No dia 26 de dezembro de 1919, o artista Antônio Pinto de Mattos enviou telegrama a José Boiteux anunciando a conclusão da obra, que estava embarcando em navio no Rio para chegar no fim do ano a Florianópolis: "Sigo hoje "Ipojuca". Levo o monumento da heroína dos Dois Mundos. Saudações. Antônio Mattos."

A homenagem ficou uma maravilha, pela imagem de Anita Garibaldi e pela concepção com um bloco de granito, simbolizando uma pirâmide irregular. O busto da heroína está inserido no alto do bloco, envolto por uma bandeira de bronze.

Os jornais da época descreveram: "De uma das dobra da bandeira cai uma espada – símbolo do valor – e de outro lado um lírio –".

No texto gravado uma particularidade: os nomes Anna de jesus Ribeiro por extenso e Annita estão escritos com dois "n".

Na base do monumento: "A Annita Garibaldi, Anna de Jesus Ribeiro (Heroina dos Dois Mundos), o seu Estado Natal. 1919).

Durante a solenidade inaugural, o idealizador e promotor do monumento, José Arthur Boiteux, fez um belíssimo pronunciamento, cuja íntegra foi resgatada pelo professor Edson d'Avila: "Na base do monumento que acaba de ser inaugurado lê-se: "A Anita Garibaldi, Ana de Jesus Ribeiro, a Heroína dos Dois Mundos, homenagem de seu Estado natal". Essas poucas palavras, senhores, bem explicam a homenagem que ora prestamos. Dizem tudo. Afirmam que Anita Garibaldi, a mais heroica das mulheres brasileiras, combateu aqui, na Laguna, em 1839, e anos após, na pátria do seu marido, o imortal "condottiere" da Liberdade, pela causa da unificação da gloriosa Itália. Proclamam os atos heroicos que ela praticou nos campos de batalha e os atos não menos heroicos de dedicação ilimitada por aquele a quem perante Deus e a sociedade, ligou-se indissoluvelmente e pelos filhos dos quais um, o general Ricciotti Garibaldi, neste momento, "nessa robusta e áspera Roma dos tempos heroicos e das grandes façanhas" vive uma velhice gloriosa, aureolada pelo prestígio de um nome que, como o seu irmão Menotti Garibaldi, ele sempre soube honrar desde os primeiros anos de uma mocidade toda consagrada aos puros ideais. Seja-me permitido que aqui, em nome da Comissão Promotora, registre os nossos agradecimentos ao sr. Antonino Mattos, o jovem laureado escultor, a cujo cinzel devemos o monumento que ora inauguramos. Felicitamo-lo pela inspiração que o levou à fatura desse belo trabalho artístico: do bronze e do granito fazendo símbolos que bem exprimem a vida acidentada da heroica catarinense. Um busto em que se espelha o ânimo varonil da guerreira imortal, ao mesmo tempo em que se retrata a esposa amorosa e a mãe amantíssima, fonte inesgotável de suaves ternuras. Uma bandeira que representa a concretização das ideias por que combateu nos dois hemisférios, em que se engastam as duas Pátrias – Brasil e Itália – dela e do Cavaleiro andante da Liberdade. Uma espada – símbolo da força, espada que ela brandia contra os inimigos da causa por que lutava, guerreira extraordinária que ela foi .Um lírio – símbolo da pureza dos sentimentos da mulher: ei-la mãe e esposa, contrastando este lírio com a espada, formando ambos o conjunto dos sentimentos que impulsionaram a vida da Heroína, levando-a aos 28 anos de idade ao Panteão da História pela acidentada estrada semeada de urzes e espinhos que terminara aos 4 de agosto de 1849, nas cercanias de Ravena, exausta pela febre, em fuga dramática, perseguida pelo exército austríaco, maltrapilha, faminta, grávida de sete meses, mas ainda morrendo, o pensamento voltado para os filhos e sorrindo para o seu querido esposo, animando-o. Senhor Superintendente Municipal, em nome da Comissão Promotora deste monumento, eu vo-lo entrego como governador que sois da nossa Capital. Que os habitantes desta cidade, muito principalmente a nossa mocidade, nele encontrem estímulos que os animem a trabalhar e a esforçar-se pelo bem comum, com a mesma indômita coragem e a mesma perseverante dedicação que sagraram a nossa conterrânea como a impertérrita defensora da Liberdade, onde quer que periclitasse esse lábaro sagrado que conduz a humanidade, a conquista dos mais puros e sagrados ideais. Tenho dito."

O mesmo Antônio Pinto de Mattos idealizaria o Monumento aos Heróis de Laguna e Dourados, construído em 1938 para homenagear os heróis dos grandes episódios da Guerra do Paraguai. De forma circular, contém uma cripta onde re[ousa os restos mortais de heróis da guerra.

Fica localizado na Praça General Tibúrico, na Praia Vermelha, bairro da Urca, no Rio de Janeiro.

Em Laguna, a mais recente homenagem surgiu com a inauguração da moderna ponte, a segunda estaiada do país, inaugurada em 2015, um dos principais símbolos da moderna engenharia. É, no gênero e no estilo, uma das maiores obras de engenharia do Brasil. Tem 2,8 km de extensão em pista dupla, com vão central que está suspenso por 60 cabos de aço. Está sobre as lagoas de Imaruí e Santo Antônio.

Ao custo de 800 milhões de reais levou tres anos para ser construída. À noite, com iluminação colorida, transforma-se numa das atrações da BR-101 no sul de Santa Catarina.

Desde o ano de 1975, Laguna está incluída no roteiro histórico e turístico desde 1975, por se situar no ponto sul do Tratado de Tordesilhas, firmado entre Portugal e Espanha em 1494. O marco tem vínculo indireto do pacto histórico com a biografia de Anita Garibaldi.

Fato histórico que mereceu um monumento, inaugurado em 7 de junho de 1975, cujo projeto é de autoria do historiador Wolfgang Ludwig Rau, o maior biografo da heroína lagunense.

Está situado próximo à estação rodoviária, em frente ao Centro Administrativo Tordesilhas.

No município de Anita Garibaldi, na região serrana de Santa Catarina, duas homenagens à lagunense. No prédio da Prefeitura Municipal, um grande painel à direita exibe uma pintura de Anita Garibaldi em trajes femininos, saia vermelha e blusa branca, segurando uma bandeira vermelha com a mão esquerda e uma espada na direita.

No lado esquerdo do Paço Municipal uma estátua de Anita Garibaldi, descalça, com uma espada em punho e o braço esquerdo levantado com uma tocha da liberdade na mão.

Obra artística entregue na gestão do Prefeito Roberto Marin, tendo como Vice-Prefeito Ramiro C. Amaral (2.000/2004), que assinam "Resgate da História".

Uma placa fixada na base da estátua enfatiza: "Homenagem do povo desta terra a imortal mulher que em janeiro de 1840 por aqui passou, lutando pelos ideais da Revolução Farroupilha. Corajosa, com sua espada na mão, bramindo o grito de guerra, erguendo bem alto a tocha da liberdade, o seu gesto altivo assombrou o mundo e seu nome entrou para a história".

Na parede lateral do edifício da Prefeitura Municipal uma grande pintura com a imagem de Anita Garibaldi com uma espada na mão direita e uma bandeira farroupilha na esquerda.

O segundo município em homenagem à heroína é o de Anitápolis, na região serrana da Grande Florianópolis.

É conhecido por suas belezas naturais, por suas riquezas de subsolo e, na historia, pelo famoso "Combate da Garganta", ocorrido em 1930.

Situado na Serra da Garganta, a 18 km do centro do município,as forças militares do Rio Grande do Sul que se dirigiam para Florianópolis, através da região de Anitápolis, na época, única ligação do sul com a Capital. Lá se encontravam civis e soldados da Força Publica de Santa Catarina.

Naquele ponto estratégico ocorreram violentos combates, a última batalha travada em território catarinense da Revolução de 1930, ocasionando mortes e feridos.

Anita Garibaldi é lembrada em vários municípios catarinense com nomes de ruas, edifícios, escolas, avenidas e instituições culturais.

Há um memorial, considerado um marco num dos fatos mais sangrentos e trágicos da Revolução Farroupilha em Santa Catarina: o Capão da Mortandade.

Situado na Fazenda do pecuarista Valdir Camargo, às margens da BR-470, no município de Curitibanos, ali travou-se uma das mais terríveis batalhas e registrou-se um episódio singular na vida de Anita Garibaldi.

O título dado ao local já identifica o número elevado de vítimas, entre soldados imperiais e farroupilhas. Ali, Anita Garibaldi foi presa e chegou a ser dada como morta em comunicação oficial dos militares as autoridades do Império no Rio. E ali, Anita executou uma fuga espetacular, depois de autorizada a examinar os corpos dos mortos para saber se entre eles estava Giuseppe Garibaldi.

No dia 27 de agosto de 2019, o local recebeu a visita de uma comitiva italiana, acompanhada de autoridades de Curitibanos, para apresentação do projeto "Dois Mundos e uma Rosa para Anita".

Após a apresentação do projeto, os italianos passaram por pontos turísticos da cidade, começando pelo Capão da Mortandade, onde ocorreu uma das maiores batalhas durante a Revolução Farroupilha, no memorial que homenageia os homens mortos em batalha, fizeram uma oração em tributo aos heróis. A comitiva, composta pela prefeita da cidade de Verucchio,

Stefania Sabba e o arqueólogo, historiador e diretor do Museu e Biblioteca Renzi, Andrea Antonioli comentou sobre a importância da integração dos municípios ao projeto.

No local há uma placa com uma cruz de madeira gasta pelo tempo, com a inscrição: "Aos heróis farroupilhas do Combate de 1840, que aqui estão sepultados. À memória de Anita Garibaldi, catarinense, heroína dos dois mundos. Prefeitura Municipal de Curitibanos – Ano de 1983"

Espalham-se pelo Paraná, São Paulo e Minas Gerais instituições e homenagens a lagunense.

Exemplo magnífico encontra-se em Curitiba, graças à Sociedade Garibaldi, fundada em 1883 com a ideia de reunir os imigrantes italianos, sob o mesmo ideal que levou Giuseppe Garibaldi a lutar pela unificação da Itália e pela Revolução Farroupilha no Brasil. A sede do Palácio Garibaldi, na Praça Garibaldi em Curitiba, foi projetada por Ernesto Guaita, engenheiro e agente consular da Itália, natural de Turim, radicado em Curitiba. Iniciada em 1887, a construção do Palácio Giuseppe Garibaldi foi concluída em 1904. Já a fachada de estilo neoclássico só ficou pronta em 1932, uma obra do arquiteto João de Mio, o mesmo arquiteto da Igreja de São Pedro.

Até nos estados do nordeste, Anita é lembrada. Em Natal, Rio Grande do Norte, funciona um moderno Centro de Saúde Anita Garibaldi.

VI

ANITA: 50, 100, 150 ANOS DE MORTE

Um projeto moderno, de grande alcance social, acadêmico e histórico, foi executado pela Biblioteca Pública de Santa Catarina e já está disponível na Internet. Trata-se do "Levantamento Bibliográfico sobre Anita Garibaldi", com a reunião de jornais catarinenses já digitalizados pela Hemeroteca Digital Catarinense e pela Biblioteca Nacional.

De acordo com a apresentação do documento foram pesquisados os termos "Anita Garibaldi" e "Annita Garibaldi", com as duas grafias usadas em Santa Catarina, no Brasil e na Itália.

Foram registradas e estão disponíveis 5.417 ocorrências, das quais,. 654 validadas.

Uma pesquisa de grande conteúdo e de valor extraordinário, que permite leituras e análises sobre estas publicações e que traz revelações e fatos absolutamente inéditos sobre a vida e a obra de Anita Garibaldi, sobretudo, como os jornais a trataram nos últimos 150 anos.

A primeira constatação: as autoridades, as instituições e as lideranças estaduais celebraram quase que exclusivamente 4 de agosto de 1849, data da morte da heroína em Mandriole, e praticamente ignoraram o dia de seu nascimento.

50 Anos

No dia 2 de setembro de 1899, por exemplo, o jornal "República", editado em Florianópolis, tendo como Redator-Chefe José Boiteux, traz nota de capa intitulada "Annita Garibaldi".

Registra: "O 50º aniversário de falecimento de Annita Garibaldi não passou despercebido na capital federal; o Centro Catarinense encarregou-se de comemorá-lo, na medida das suas forças, cheio de entusiasmo, diz o Jornal do Brasil.

A sessão solene realizou-se na sede do Centro, à rua da Carioca, que se achava ornamentada festivamente e repleta de uma sociedade escolhida, composta na sua maioria de membros distintos da colônia catarinense."

Menciona o discurso do Presidente do Centro, 1º. Tenente Theophilo Nolasco de Almeida, que assim terminou: "Annita Garibaldi foi a primeira mulher entre as milhares que tem sabido plantar no solo da sua Pátria uma glória e uma tradição."

O excelente trabalho digital dos jornais mostra, também, que nas chamadas datas redondas comemorativas, os eventos lembraram o 4 de agosto de 1849, dia do falecimento de Anita Garibaldi, e não se encontra nenhuma noticia sobre o cinquentenário, centenário, sesquicentenário de nascimento com grandes eventos, como se verificou em 2021 com o Bicentenário.

No início do século, o jornal O Dia exibia em seu frontispício "Órgão do Partido Republicano Catarinense", dando a mais ampla cobertura dos fatos relacionados com a lagunense.

No dia 6 de agosto de 1907, estampava uma nota sobre os 58 anos de falecimento de Anita Garibaldi: "No Salão da Associação dos Empregados no Comércio realizou-se ontem a 1 hora da tarde uma sessão comemorativa da morte de Annita Garibaldi.

A sessão foi promovida pela Sociedade Catarinense de Beneficência, tendo a ela concorrido crescido número de senhores e cavalheiros.

A sessão foi presidida pelo nosso estimado patrício, sr. José Arthur Boiteux, sendo orador oficial o inteligente catarinense sr. Marques Leite.

Falou também o sr. Gomes Oliveira".

E nenhuma linha sobre o dia 30 de agosto sobre o nascimento.

Na edição de 3 de agosto de 1921, o jornal "República", que durante décadas publicou uma sucessão de notas e matérias sobre Anita Garibaldi, o projeto do monumento na Capital e outros dados, traz um registro sobre "Annita Garibaldi" sobre os 72 anos de seu falecimento.

Depois de informar a origem da heroína destaca: "Registrando numa data que é uma das grandes efemérides da História do Brasil, Republica associa-se ao sentir da terra catarinense, que foi o berço da moderna Joanna d'Arc pela bravura e pelo sentimento de liberdade, desfolha as flores da sua admiração sobre o monumento que, em dia feliz se levantou em uma das mais belas praças desta Capital".

100 Anos

O Jornal "O Estado", de Florianópolis, deu destaque, em nota de duas colunas, no dia 6 de agosto de 1949, "As comemorações do Centenário de Anita Garibaldi".

Diz a matéria: "Em prosseguimento à Semana Comemorativa do Centenário da morte de Anita Garibaldi, a valorosa patrícia que uniu dois continentes, o Comando do 14. BC, organizou anteontem , dia do centenário, uma expressiva concentração de civismo, as 16 horas defronte o busto da heroína brasileira na Praça Getúlio Vargas, ali comparecendo autoridades, escolares e grande massa popular, ansiosos de prestarem à nossa patrícia o tributo de sua homenagem."

Assinala depois que falaram na cerimônia a sra. Layla Freyesleben, o sr. Carlos Gomes de Oliveira, que depois seria destacado político catarinense, tendo ocupado mandato no Senado; e o Capitão do Exército Jaldyr Faustino da Silva, que atuaria depois no magistério superior, tendo ocupado o cargo de Secretário da Educação no governo Ivo Silveira.

Informa, mais adiante que as 14 horas houve sessão solene na Assembleia Legislativa, presentes o governador José Boabaid, o presidente do Tribunal de Justiça, Urbano Müller Salles, o arcebispo metropolitano Dom Joaquim Domingues de Oliveira, os comandantes das Forças Armadas e várias autoridades.

A sessão foi presidida pelo deputado Rui Feuerchutte.

O orador oficial foi o deputado lagunense Osvaldo Rodrigues Cabral que se projetaria no século passado como o mais completo historiador catarinense, além de fundador e primeiro Diretor do Instituto de Antropologia da Ufsc.

Destaque, também, para o pronunciamento do deputado Armando Calil Bulos, outro filho de Laguna, mais tarde Secretário sem Pasta no governo Ivo Silveira.

Em Laguna, o programa comemorativo começou com missa solene na Igreja Matriz de Santo Antônio dos Anjos, seguida de inauguração de uma placa de bronze junto à Árvore de Anita, no Jardim Calheiros da Graça (atual Praça Vidal Ramos), descoberta pelo Desembargador Henrique Fontes. Estudantes cantaram o hino "Anita Garibaldi", de autoria do compositor lagunense Júlio Dacia Barreto.

150 Anos

O ano de 1999 foi marcante no resgate da excepcional trajetória de Anita Garibaldi. Multiplicaram-se os eventos, lançamentos, iniciativas oficiais e promoções culturais para marcar os 150 anos de seu falecimento.

Um fato histórico destacou-se em toda a extensa programação. Pela primeira vez o Governo do Estado foi instalado em Laguna. A Assembleia Legislativa e o Tribunal de Justiça também transferiram suas atividades para a sede da República Juliana, ali realizando solenidades com a presença de seus dirigentes e de seus membros.

Uma publicação cm 215 páginas, intitulada "Registro da Celebração dos 150 anos da morte da Anita Garibaldi", editada pela Secretaria da Casa Civil do governo Esperidião Amin no início de 2000, traz um completo inventário sobre os eventos realizados no Estado, em especial, das promoções, atos oficiais dos três Poderes, concursos literários, exposições e centenas de atividades ao longo do ano.

As primeiras providências na esfera estadual foram adotadas pelo Governador Esperidião Amin ao assinar o Decreto n. 237, de 17 de maio de 1999, instituindo a Comissão Estadual para elaborar a programação comemorativa dos 150 anos de falecimento da lagunense.

Presidida pelo Secretário da Casa Civil, Celestino Secco, e secretariada pelo Diretor Geral da Fundação Catarinense de Cultura, escritor e acadêmico Iaponam Soares de Araújo, a Comissão teve a seguinte composição: Secretária da Educação Mirian Schlickmann, Secretária do Desenvolvimento Social, Marli Nacif, Diretor da FCC, Iaponam Soares, Diretor da Fundação Catarinense de Desportos, Pedro Bastos, Presidente da Santur, Flávio de Almeida Coelho, reitor da Udesc, Raimundo Zumblick, Ex-governador Colombo Salles, Desembargadores Norberto Ungaretti e Carlos Prudêncio, Prefeito de Laguna, João Gualberto Pereira e Presidente da Fundação Anita Garibaldi, Adilcio Cadorin.

No mês de julho de 1999, uma missão oficial da Assembleia Legislativa cumpriu um longo roteiro de visita a várias cidades italianas, tendo como uma das principais motivações, a campanha pela transferência dos restos mortais de Anita Garibaldi de Roma para Laguna.

A viagem resultou em várias conquistas nas áreas econômica, cultural e institucional, com assinatura de convênios de cooperação internacional nas áreas acadêmica e municipal.

No dia 25 de agosto de 1999, por sugestão da Comissão, foi entregue a Medalha do Sesquicentenário de Anita Garibaldi a 150 pessoas.

Entre os principais atos que marcaram a transferência dos Poderes Executivo, Legislativo e Judiciário para Laguna no dia 4 de agosto, destacaram-se: Descerramento de placa alusiva à instalação do Governo, desfile cívico-militar, Sessão Solene do Tribunal de Justiça no Clube Blondin, inauguração do Corredor Artístico e Cultural Anita Garibaldi, Sessão Solene da Assembleia Legislativa no Congresso Lagunense, Atos Administrativos de Governo no Centro Cultural Santo Antônio dos Anjos, Sessão Solene da Câmara Municipal de Laguna e lançamento do livro "Anita Garibaldi, uma heroína brasileira", do jornalista Paulo Markun.

Toda a programação, pela inédita transferência dos três Poderes do Estado para Laguna, teve a mais ampla divulgação pela imprensa de Santa Catarina e, em vários atos, cobertura parcial da mídia nacional.

No mês de outubro de 1999, o Governador Esperidião Amin realizou uma série de visitas a países europeus, incluindo visita oficial a Roma, onde manteve contatos com dirigentes de instituições garibaldinas.

E visitou a cidade de Gazoldo Degli Ippoliti, em Mantova, onde conheceu as instalações da gigantesca fábrica de produção de aços do grupo Marcegaglia, que estava construindo uma unidade industrial na cidade de Garuva, em Santa Catarina, a primeira na América Latina.

VII

ANITA E A POLÊMICA DO VOTO FEMININO

O "Levantamento Bibliográfico Anita Garibaldi", editado em 2021 pela Biblioteca Pública de Santa Catarina, representa uma preciosa pesquisa contendo dados históricos sobre os jornais de Santa Catarina, com citações da heroína. Foram encontrados 5.417 registros, dos quais 654 validados e constantes do estudo disponível na Internet.

Ali destacam-se algumas curiosidades e matérias consideradas inéditas e até impactantes.

Na edição do jornal "O Estado", de Florianópolis, de 1º de abril de 1921, publica um longo artigo intitulado "Annita Garibaldi nunca existiu", assinado por Olavo do Nascimento Campos.

Primeiro fato a ressaltar: 1921 foi justamente no ano do centenário de nascimento da lagunense, e não há na pesquisa uma única indicação de qualquer solenidade ou ato para celebrar a data histórica.

Em segundo lugar, o jornal publica uma nota, ao lado do extenso artigo, sob o título "Uma grave acusação histórica", sobre a controvertida tese. E alerta: "Publicamos nesta edição um originalíssimo e interessante artigo, em que o sr. Olavo do Nascimento Campos pretende provar que "Annita Garibaldi nunca existiu".

Prossegue: "Só um motivo nos leva a dar publicidade a esta grave acusação histórica. É o natural empenho que temos de que toda Santa Catarina saiba a que ponto extremo chegou a incrível audácia dos "ultracríticos" modernos, indivíduos que não recuam nem mesmo diante das grandes verdades históricas".

Fato a provocar maior discórdia, envolvendo o nome de Anita Garibaldi, aconteceu na Assembleia Nacional Constituinte de 1934, que se realizava no Rio de Janeiro.

O deputado constituinte, o catarinense Arão Rebello, teve posições contra a adoção direito de voto as mulheres, conquista política que acabou sendo consagrada na Constituição Federal de 1934, considerada a que teve mais avanços, sobretudo, em termos de direitos sociais.

Na edição do dia 5 de abril de 1934, o jornal "O Estado", de Florianópolis, dirigido por Altino Flores, trazia uma manchete realmente desconcertante: "Annita Garibaldi – "...uma vagabunda"!!!

Em texto de corpo menor, mas destacado, acrescentava: "Tal o julgamento descontrolado feito, em plena Assembleia Constituinte, por um catarinense, acerca daquela que, pelo amor, pela dedicação e pela bravura, encheu de esplendor o nosso passado".

A chocante denúncia partira do deputado e advogado Arão Rabello, de Blumenau, líder do Partido Liberal Catarinense, ao se pronunciar contra a aprovação do voto feminino no Brasil. Ele apresentou uma proposta que, ao contrário, proibia o direito de voto as mulheres.

"O Estado" noticiou: "Quando defendia, ontem, na Assembleia Constituinte, a emenda que apresentou, cassando o direito do voto à mulher, o sr. Arão Rebello buscou, por todos os meios ao seu alcance, demonstrar a inferioridade física e intelectual da mesma.

Um dos numerosos aparteantes solicitou-lhe, nessa altura, parecer sobre a heroína catarinense Annita Garibaldi.

O ilustre parlamentar, "com o idealismo da sua mocidade, respondeu que Annita "não passava de uma vagabunda"!

Não procuraremos indagar aqui o pensamento do sr.Arão Rebello, quanto às tradições de bravura e glória, que são o orgulho de uma raça, nem da beleza moral que se fia na sua história, através dos lances imortais de seus heróis e de seus santos.

Limitamo-nos, apenas, ao registro da expressão, lamentável, sem dúvida, para os nossos foros de cultura parlamentar, e do conceito, evidentemente inspirado em novas fontes de renovação e de grande cívicas."

O pronunciamento do deputado Arão Rebello provocou fortíssimas reações e críticas entre os constituintes, de vários jornais do Rio, São Paulo e Belo Horizonte, bem como de algumas lideranças feministas e de organizações que se posicionaram antes da instalação da Constituinte pela adoção do direito de voto às mulheres.

No mesmo diário da Capital, edição de 9 de abril, nova matéria de capa. Tinha por título em duas colunas "Em desagravo de Annita", seguindo-se "Flores depositadas no seu monumento".

Informa que a Diretoria do Clube Anita Garibaldi, em conjunto com o Grêmio Violenta, decidiu realizar sessão extraordinária para lavrar veemente protesto contra "a irrefletida frase proferida pelo nosso representante, dr. Arão Rebello, no Congresso Constituinte".

Um ato oficial das duas instituições foi realizado no monumento a Anita Garibaldi, na atual Praça Getúlio Vargas, com a deposição de flores.

O "O Estado" retornaria ao tema no dia 12 de abril, exibindo na primeira página: O sr. Arão Rebello investe contra as mulheres".

Relata: "Em 5 do corrente, o "Estado de Minas", de Belo Horizonte, inseriu a seguinte correspondência telefônica, que na véspera lhe havia sido transmitida do Rio por seu correspondente especial: "Quem será esse rapaz alto e corpulento, de bigodes talhados à moderna, de cabelos lisos, que assim ousa da Tribuna da Constituinte, invectivar contra as mulheres?

Aqueles que, dias atrás, assistiram ao discurso do sr.. João Beraldo lembram-se de que o orador de hoje era um aparteante exaltado contra ideias favoráveis ao voto feminino.

O representante catarinense se propunha a defender a mais difícil das teses. Nu instante mundial em que todas as atividades intelectuais humanas são o campo de ação de mulheres e homens que, em situação de igualdade, lutam pela vida, o sr. Arão Rebello, fechando os olhos sobre o panorama moderno, veio afirmar a inferioridade física, moral e intelectual da mulher.

Este assunto é de uma complexidade tão grande que não deveria vir a baila em uma assembleia popular. Merece ser tratado em livro escrito no silêncio fecundo de um gabinete por alguém que a ele dedicasse todo o esforço de uma inteligência penetrante. Aqueles que da psicanálise tem feito a mais surpreendente das ciências não se abalariam hoje a afirmações tão injuriosas.

Era natural, portanto, que uma tempestade se levantasse no morno recinto da Assembleia. Deputados de todas as bancadas protestaram energicamente, repelindo as ideias do orador com aparts ou com ironias."

No final do texto, a reprodução de manifestação do deputado Arão Rebello de que desde os bancos escolares era contra a adoção do direito de voto as mulheres.

A polêmica prosseguiu nas sessões seguintes, até que o representante catarinense admitiu substituir a injuriosa expressão usada da tribuna, afirmando que Anita Garibaldi "era bígama".

Reportagem mais completa e detalhada ganhou destaque na primeira página do jornal "Cidade de Blumenau", bisemanário que circulava no Vale do Itajaí.

Assinada por M.V., tem por título "Grego moderno..."e traz um relato circunstanciado de toda a polêmica, com um conteúdo mais literário, mas fortemente crítico contra as declarações do deputado Arão Rebello.

No final, faz uma comparação entre as intervenções do deputado catarinense, "em busca da celebridade não alcançada" e com o grego antigo que passou a história por pretender incendiar o Templo de Diana, para tornar-se mais conhecido.

Conclui: "O objetivo foi conseguido, embora não se consumasse o plano nefando. Não é o sr. Arão Rebello um grego moderno?"

VIII

ANITA E A MÚSICA QUE VIROU HINO

O principal evento comemorativo dos 200 anos de nascimento de Anita Garibaldi, entre as mais de 160 promoções artísticas, acadêmicas, comunitárias, culturais, aconteceu no Senado da República, na manhã do dia 30 de agosto de 2021.

Requerida pelo senador Esperidião Amin, que presidiu a belíssima solenidade, foi aprovada pelo plenário do Senado.

Teve vários pronunciamentos de autoridades estaduais, municipais e federais, de parlamentares e de dirigentes do Instituto CulturAnita, da Academia Catarinense de Letras, do Instituto Histórico e Geográfico de Santa Catarina e Fundação Catarinense de Cultura.

O momento mais emocionante registrou-se quando da exibição da música "Anita Garibaldi", na nova e brilhante interpretação de Marlene Pastro, autora da linda melodia, em parceria com o poeta Alcy Cheuiche, autor da letra.

A versão foi gravada na Igreja das Dores, em Porto Alegre, exatamente para assinalar o bicentenário da heroína lagunense, com arranjo especial do maestro Alfredo Hülsberg.

Marlene Pastro estava iluminada na nova versão, exatos 36 anos depois do lançamento da música que virou o Hino do Bicentenário. Transmitiu pela música a força do sentimento contido em trechos marcantes da histórica letra.

O vídeo exibido mostrou a cantora vivendo a melodia e os diferentes trechos da poética composição. Os aplausos intensos foram a melhor resposta para aquele momento de emoção e arte.

A música ganhou diferentes interpretações de outras cantoras, mas nas versões mais recentes de Marlene Pastro encantou plateias em eventos presenciais e virtuais.

Qualquer consulta que se faça na internet haverá de indicar dezenas, centenas de interpretações, a maioria de Marlene Pastro, em diferentes cenários, variados arranjos e expressões emotivas que tocam os expectadores.

A música foi lançada em 1985, por ocasião do sesquicentenário da Revolução Farroupilha. O refrão contagiante "um filho num braço, no outro um fuzil", é uma referência ao magnífico monumento existente no Gianicolo, oitava colina de Roma, onde estão depositados os restos mortais de Anita. A extraordinária obra de arte em bronze exibe a imagem da guerreira montada no cavalo, com o filho recém nascido no braço esquerdo e um revólver no direito. Criação excepcional do escultor italiano Mario Rutelli, inaugurada pelo ditador Mussolini, em cerimônia de grande presença popular e repercussão em toda a Itália.

A letra de "Anita Garibaldi" é a seguinte:

"Na beira da praia na longínqua Itália
Anita contempla as ondas do mar
A mão poderosa de louro pirata
Levou-a pra longe da terra natal

(Anita morena da pele macia
Amante de noite soldado de dia
Um filho no braço no outro um fuzil
Um filho no braço no outro um fuzil)
Guerreira farrapa guerreira uruguaia
Guerreira italiana rolando na cama
Guerreira farrapa guerreira uruguaia
Nos braços de um homem com cheiro de mar
Anita menina da verde laguna
Mulher farroupilha legaste tua fibra
Fizeste tuas filhas a todas mulheres
A todas mulheres do sul do Brasil
Um filho no braço no outro um fuzil."

Fato marcante no resgate dos feitos de Anita Garibaldi aconteceu em Blumenau na década de 1950, com o lançamento de publicação da "Ópera Heróica Anita Garibaldi", em três atos, de autoria de Heinz Geyer, com libreto escrito pelo historiador José Ferreira da Silva.

A estreia do espetáculo, muito pouco conhecido da população catarinense e também sem referência bibliográfica, deu-se em 2 de setembro.

Um dos destaques: a nominada da Comissão de Honra, integrada pelo Prefeito Municipal de Blumenau, Frederico Busch Junior, Comandante do 23 Regimento de Infantaria do Exército, Coronel Álvaro Veiga Lima, pelo Presidente da Câmara Municipal, Ingo Hering, pelo Delegado Regional de Policia, Capitão Celino Pires e pelo Juiz de Direito, Marcilio Medeiros que, décadas mais tarde se revelaria um dos mais integro e exemplares desembargadores de Santa Catarina.

Exerceu com destaque a Presidência do Tribunal de Justiça do Estado e com singular desempenho foi Professor da Faculdade de Direito da Universidade Federal de Santa Catarina.

Ingo Hering, um dos insignes representantes da família Hering, exerceu vários mandatos de vereador, deu dimensão nacional à indústria e durante décadas brilhou como articulista no Jornal de Santa Catarina.

Era um empresário com grande sensibilidade para as atividades culturais no Vale do Itajaí, como informa a publicação sobre a ópera, onde se destaca seu nome como presidente da Comissão Organizadora.

A referida Comissão, a propósito, tinha nomes que depois teriam grande projeção na educação, na comunicação social, na política e no comércio de Blumenau e de Santa Catarina.

Entre outros maiores lá constam Télvio Maestrini(Vice-Presidente), Orlando Ferreira de Melo (Secretário), Emilio Silva Junior (Diretor Musical), Salvio de Oliveira(Diretor Artístico)e Willy Sievert(Supervisor).

Heinz Geyer, o autor, veio da Alemanha para o Brasil por problemas de saúde, era músico, integrou várias orquestras e durante anos atuou como Diretor da Orquestra Sinfônica e Coro da Sociedade Dramática e Musical Carlos Gomes. Era Professor de Musica da Escola de Governo e membro da Diretoria do Conservatório de Música "Curt Hering".

Nas comemorações do Bicentenário de Anita Garibaldi, outras iniciativas foram tomadas em relação a diversas interpretações do hino que celebrizou Marlene Pastro, em arranjos gauchescos ou com orquestras.

O Coral Hélio Teixeira da Rosa, do Tribunal de Contas do Estado, lançou a música "Anita Guerreira: Heroína da

Pátria Brasileira, composta pelo solista Rogério Guilherme de Oliveira, que também a interpretou na primeira edição, em solenidade do TCE catarinense.

A inspiração para a composição teve origem na infância, quando residia na rua Anita Garibaldi, centro da Capital. O músico foi o primeiro regente do Coral do Tribunal.

A composição inédita teve arranjos e regência do maestro Geovane Pacheco e a participação, como pianista e orientação coral da maestrina Cláudia Todorov.

A letra de "Anita Guerreira, Heroína da Pátria Brasileira":

"Heroína da Pátria Brasileira!
Heroína da Pátria Brasileira!
Heroína da Pátria Brasileira!
Heroína da Pátria Brasileira!
Anita Guerreira, mulher coragem,
Um exemplo de dedicação.
De Garibaldi, anjo amigo,
Tesouro e companheira.
No combate, brava força da natureza.
Cruzou mares,
Semeou esperanças por onde passou.
Revolução!
Impetuosa muito antes das batalhas
Que enfrentou.
Sempre pronta pra luta!
Cavaleira em fuga, a libertação.
E a sua sede de justiça
Só causou mais admiração.
Anita Guerreira, é sua imagem

Para o mundo uma inspiração.
Desde Laguna à Itália,
Doce mãe, senhora fortaleza!
Destemida, foi além de sua beleza.
Indomável,
Devotada, abraçou sua grande paixão.
Anita Guerreira,
Mulher coragem,
Heroína da Pátria Brasileira.
Sempre pronta pra luta!
Cavaleira em fuga, a libertação.
Sua sede de justiça
Só causou mais admiração."

A música também elevou o nível de conhecimento popular da obra de Anita Garibaldi em Santa Catarina e no Brasil, com criativos enredos nos desfiles das Escolas de Samba.

O principal carnaval, realizado no Rio de Janeiro, por exemplo, teve como destaque em 1999, ano do sesquicentenário da morte da heroína, justamente "Anita Garibaldi – Heroína das 7 Magias", tema do samba enredo do premiado carnavalesco Joaozinho Trinta.

A Escola Viradouro exibiu-se com 4 mil sambistas para um público calculado em 80 mil pessoas, transmissão ao vivo para o Brasil e para o mundo, com destaque para a imprensa italiana.

Segundo matéria publicada no jornal "O Estado", de Florianópolis, edição de 28 de janeiro de 1999, Joãozinho Trinta entendia que a vida de Anita foi um rio de sangue, e seria impossível contar sua história realisticamente.

O carnavalesco se propôs a extrapolar o tempo e o espaço a que o tema está ligado, desta forma evitou-se a tragédia, invocando magias de deuses poderosos, aproveitou-se lendas como de mulheres que viram bruxas nas noites de lua cheia. Em sete carros alegóricos, Joãozinho desfila seus ideais de emancipação e libertação, glorificando a heroína no final como um espelho da mulher brasileira: forte, corajosa, enfrentando suas batalhas do dia-a-dia, mas também sedutora e feminina, ou como o próprio samba- assinalou a nota.

O samba-enredo provocou grande polêmica no Estado, pois o carnavalesco mesclou a história de Anita com a dos índios carijós e fatos relacionados com a Ilha da Magia.

Em anos diversos, Anita Garibaldi foi tema de escolas de samba de Laguna, Florianópolis e Laguna, com destaque para as datas comemorativas de seu nascimento em Laguna e morte na Itália.

IX

ANITA E A ECONOMIA: A MARCEGAGLIA EM SC

A presença da multinacional italiana Marcegaglia em Garuva, Santa Catarina, deve-se também à existência de Anita Garibaldi. Um movimento realizado no Estado, tendo o historiador Adilcio Cadorin, como um dos principais entusiastas, pretendia trazer os restos mortais da lagunense para seu Estado de origem.

Conversas informais preliminares envolveram as primeiras conversações entre instituições italianas de várias regiões, interessadas em acordos de cooperação com comunidades de colonização italiana em várias regiões de Santa Catarina, notadamente, do sul do Estado.

A figura de Anita Garibaldi já era, na época, um dos elos de ligação, embora longa da divulgação e da imagem que passou a adquirir depois de vários projetos.

A imagem da heroína na Itália e a força econômica, artistica e cultural dos imigrantes italianos no Estado foram determinantes nos projetos de intercâmbio de Santa Catarina com instituições e grupos italianos nas últimas décadas do século passado.

No final de 1998, o fundador e dono da famosa indústria de produção de aço, o Comendador Steno Marcegaglia, esteve em Florianópolis, para tratar da instalação de uma moderna unidade em Garuva, no norte catarinense. Estava acompanhado de quatro diretores.

O município era o que oferecia as melhores condições, pelas pesquisas realizadas. Cobre a região industrial mais diversificada e mais forte do Estado, ao lado da principal rodovia federal(BR-101) e nas proximidades de moderno complexo portuário: na época São Francisco do Sul e agora também Itapoá.

Toda uma extensa área firmou-se como principal polo metal mecânico e tecnológico de Santa Catarina.

O então secretário do Desenvolvimento Econômico, o falecido empresário Henrique Weber, um entusiasta e batalhador em busca de novos investimentos, tratou a comitiva italiana com as devidas atenções.

Chegou a agendar uma audiência de Steno Marcegaglia com o governador Paulo Afonso Vieira na sede do governo, então localizada na Praça dos Tancredo Neves. Derrotado nas eleições ao governo em 1998, o então governador deu um "chá de cadeira" de mais de duas horas. Fato que provocou até disposição do investidor de revisão do projeto, diante da falta de atenção e, sobretudo, de interesse das autoridades estaduais. Ele também dependia de aprovação de legislação especial para o empreendimento industrial.

O investidor italiano chegou a comunicar ao Coordenador da Campanha do governador eleito Esperidião Amin, professor Celestino Secco, que estava disposto a cancelar o projeto industrial, pelo desinteresse das autoridades catarinenses.

O Consultor Jurídico da Secretaria da Casa Civil, Mauro Beal, que vinha coordenando projetos de intercâmbio cultural entre Santa Catarina e regiões italianas, ficou preocupado com o ocorrido. E tratou de compartilhar sua apreensão com o futuro do grupo italiano no Estado.

Cientificado do ocorrido, o professor Sérgio Sachet, um dos principais colaboradores do governo que se instalaria em janeiro de 1999, fez um relato dos acontecimentos ao então Deputado Federal Paulo Bauer e ao então Senador Esperidião Amin, respectivamente, Vice-governador e Governador eleitos do Estado.

Sachet agendou um jantar na Toca da Garoupa, na época um dos melhores restaurantes da Capital. Bauer chegou no horário, incensou Steno Marcegaglia e seus diretores, antecipou alguns apoios do novo governo para o empreendimento milionário no norte do Estado.

Com o voo do senador atrasado, sua presença durou poucos minutos, uma vez que os visitantes retornariam no dia seguinte a Roma. Amin foi objetivo e definitivo, confirmando a disposição política de seu governo, nos termos da conversa com o vice-governador eleito.

Os italianos saíram confiantes de Santa Catarina, com a manifestação dos futuros governantes. Mas o pacote não estava fechado, pois dependia da Assembleia Legislativa, na aprovação de alterações na mudanças na legislação estadual referente ao programa de incentivos fiscais para novas indústrias.

O governo Amin-Bauer começou dia 1º de janeiro de 1999 e um dos projetos da Casa Civil na área internacional foi justamente o de dar continuidade às negociações do Círculo Italo-Brasileiro no setor cultural e administrativo, e na área econômica, viabilizar a vinda da Marcegaglia para Santa Catarina.

Motivação maior não poderia haver: vários eventos no Estado e na Itália começavam a ser organizados para assinalar os 150 anos de falecimento de Anita Garibaldi, a 4 de agosto de 1999.

O presidente da Assembleia Legislativa, deputado Gilmar Knasel, articulado com o Poder Executivo, passou a montar um programa para realizar missão especial à Itália com múltiplos objetivos.

Um dos maiores entusiastas do projeto era o historiador Adilcio Cadorin, já dedicado com entusiasmo a pesquisas sobre a vida e obra de Anita Garibaldi.

A principal meta da missão, abraçada com igual empolgação por Cadorin, era tentar trazer os restos mortais de Anita Garibaldi para Santa Catarina. Várias noticias veiculadas pela imprensa catarinense destacaram exatamente este objetivo político e cultural.

Entre os argumentos dos organizadores destacava-se uma informação considerada oficial e que tinha o aval do Instituto Histórico e Geográfico de Santa Catarina, considerada animadora.

O relato: "Ao que parece, foi concedido pelo Governo Italiano a repatriação do corpo de Anita Garibaldi para o Brasil. Afinal as vozes foram ouvidas. Na comemoração do 149° ano da morte Anita Garibaldi em 1998, a embaixada do Brasil em Roma, entrou em contato com o Itamaraty, informando que os italianos permitiriam o translado do corpo com algumas considerações a saber: o reconhecimento judicial da nacionalidade brasileira e da naturalidade lagunense e também manifestações que o povo lagunense deseja ter "inequivocamente", Anita sepultada na cidade. Muito pouco se sabe sobre o sentimento coletivo quanto a esta questão. Para a população local talvez a repatriação não represente suas expectativas e aspirações. Aquilo que é divulgado nos meios de comunicação e articulado pelos "legítimos representantes do interesse público" acabam por impregnar e minar o coração da vida coletiva."

A expectativa era tão favorável e o clima de tanto otimismo que o roteiro começou dia 5 de julho em Roma, para encontros com instituições garibaldinas, parentes de Anita e autoridades nacionais, além de prever longa passagem por Mandriole, onde se deu a morte da heroína.

Na Capital italiana, as audiências e visitas estavam relacionadas com Anita Garibaldi.

O relatório coincide com o programa oficial: "Dar início as tratativas visando o repatriamento dos restos mortais de Anita Garibaldi

Ministério das Relações Exteriores da Itália - Encontro com a Senadora Patrícia Tóia; Conselheiro Enzo Palladini; Conselheiro Franco Giordano; conselheiro do CGIE – Luigi Barindelli; Anita Garibaldi Jallet (bisneta de Anita). A Senadora informou da disponibilidade de verbas para obras de restauração ou reconstrução de monumentos (Forte Atalaia/Laguna), para participar dos atos comemorativos aos 150 anos de morte de Anita e aos 500 anos de descobrimento; e de sua vinda ao Brasil em agosto (foi encaminhado um convite oficial para que venha ao Estado).

Embaixada Brasileira – Encontro com o Embaixador Paulo Tarso Flexa de Lima.

Fatos: foi informado dos acordos existentes entre nosso Estado e a as Regiões Italianas; foi solicitado o envio para registro dos mesmos no Ministério de Relações Exteriores do Brasil.

Associazione Reducci Garibaldini – Encontros com: a presidente Érika Garibaldi e Giuseppe Garibaldi (bisneto de Anita); o Presidente Adjunto Honorário da Corte Suprema de Cassazione (STJ), visando apoio ao pedido de repatriamento dos restos mortais de Anita.

Colina do Gianícolo – Visita oficial ao monumento onde encontram-se os restos mortais de Anita Garibaldi.

A agenda incluiu encontros e visitas em Veneza, Ravena, Mantova, Rovijo, Triste, Trento e Ligúria.

No dia 9 de julho a comitiva visitou Mandriole, onde faleceu Anita Garibaldi, conhecendo os principais monumentos em sua homenagem, museus e locais histórico. Ali, ela teve o primeiro dos sete sepultamentos.

O relatório registrado na Assembleia Legislativa no retorno indicou: "Presidente da Província di Ravenna – Gabrielle Albonetti; Consiglieri Mario Maldinni, Responsabile Scientífico, Dott Massimo Morigi e outras autoridades.

Ações: iniciado o processo para tornar Laguna e Ravenna cidades irmãs – "gemellaggio" e a celebração de convênios nos campos da história, cultura, educação, turismo e artesanato.

– viabilização entre a UNISUL e a Universidade de Bolonha de um protocolo de intenções através de suas faculdades de turismo e hotelaria, além de convênio para aprofundar a técnica catarinense de produção de mosaicos cerâmicos (R. Emilia Romagna é expoente mundial)."

O principal encontro de caráter econômico aconteceu na pequena cidade de Gazoldo degli Ippoliti, na Provincia de Mântova, região da Lombardia, com um único objetivo: conhecer as instalações da Marcegaglia, na época já a maior indústria de aços da Europa e uma dos maiores complexos industriais do gênero em todo o mundo.

A história da Marcegaglia é um "case" internacional. Suas atividades começaram em 1959, quando Steno Marcegaglia, com menos de 30 anos, comprou com um sócio uma pequena empresa artesanal de produção de tubos de irrigação e de guias metálicas para persianas.

Quatro anos depois, as atividades foram potencializadas e ampliadas com investimentos pontuais. Uma década mais tarde, a compra de um laminador para produção de bobinas de aço deu um novo salto de qualidade e crescimento.

As etapas seguintes são de expansão do espaço físico, modernização das máquinas e qualificação da equipe de colaboradores. Como registrou na época a publicação do grupo: "Em 1974, a unidade de Gazoldo degli Ippoliti adquire um novo barracão de 250 mil metros quadrados. A gama de produção se diversifica e se completa com a introdução dos tubos de bobina a quente. Em 1978, após ter adquirido a empresa Laminatoi Meridionali di Arzano (Nápoles), o Grupo Marcegaglia dá um novo impulso às suas atividades industriais através de um programa de aquisições de empresas produtivas em dificuldades, que são recuperadas e tornam-se competitivas nos seus diversos setores de mercado.

Em 1983 são adquiridas três novas empresas: a Lombarda Tubi de Lomagna (Lecco), a Saom de Boltiere (Bérgamo) e a Trisider de Tezze (Vicenza).

O setor energético do grupo se expande em 1997 com a constituição de Green Power, voltada para o desenvolvimento de estratégias e sistemas para a geração de energia através da gaseificação de resíduos e de biomassas. E continua em 1998, com a criação da Boiler Expertise, destinada ao projeto e à realização de caldeiras industriais e de potência.

Ano da decisão de montar uma unidade em Sana Catarina, em 1999 ocorre a aquisição da Morteo Nord, de Pozzolo Formigaro (Alessandria) e da Ponteggi Dalmine de Milão, de Graffignana (Lodi) e de Potenza e tem seguimento em 2001, com a aquisição no setor turístico da Colônia de Férias de Pugnochiuso, situada no promontório do Gargano, na região Apúlia."

O grupo concretizaria o projeto na América Latina em 2000, com a nova unidade em Garuva. E a partir de dezembro de 2001, após um investimento de mais de 500 milhões de euros em poucos anos, é inaugurada a grande unidade de Ravena: o segundo pólo metal-siderúrgico italiano

E nos anos seguintes só cresce com novas filiais no exterior e novos produtos no mercado.

A visita à sede da Marcegaglia foi o mais completo sucesso.

O próprio dono da indústria, Comendador Steno Marcegaglia, já perto dos 70 anos, estendeu tapete vermelho para os catarinenses.

Apesar de ser um sábado, recebeu a delegação pessoalmente e com todos permaneceu até o final da visita. Caminhou pelas principais unidades produtivas, indicando detalhes do processo de fabricação de diferentes tipos de aço, e – surpresa geral – chegou a cumprimentar vários empregados pelo nome.

Depois de horas de caminhada pelo gigantesco galpão industrial, convidou os parlamentares para uma reunião de trabalho.

Ali, o presidente Gilmar Knaesel fez um rápido relato da missão, das visitas a Roma e a Ravena para homenagens à catarinense Anita Garibaldi, e sobre as comemorações do sesquicentenário de sua morte em julho e agosto no Estado.

Entre os eventos mais importantes programados pela Comissão Estadual do Sesquicentenário estava previsto um fato histórico e único em Santa Catarina, com a instalação do Governo na cidade de Laguna no dia 4 de agosto de 1999.

O anfitrião fez, então, vários questionamentos e respondeu a várias indagações dos integrantes da comitiva.

O momento decisivo do encontro aconteceu quando o empresário perguntou aos deputados se eles aprovariam na Assembleia Legislativa o projeto da nova indústria em Garuva.

A resposta foi imediata, consensual e com empolgação, o que se refletiu no semblante de satisfação de Marcegaglia com as perspectivas de definição do projeto empresarial, eliminando a ducha de água fria recebida em 1998 quando da visita a Florianópolis.

A missão foi liderada pelo deputado Gilmar Knaesel (PPB), presidente da Assembleia Legislativa, e integrada pelos deputados estaduais Romildo Titon (PMDB), Onofre Agostini (PFL), Reno Luiz Caramori (PPB), Ronaldo Benedet (PMDB), Volnei Morastoni (PT), Ivan César Ranzolin (PPB), Rogério Mendonça (PMDB); do deputado federal Pedro Bittencourt Neto (PFL), do Presidente da Fundação Anita Garibaldi, historiador Adilcio Cadorin, do Assessor Especial da Casa Civil, Mauro Beal, da Relações Públicas da Assembleia, Sônia Arruda, e jornalista Moacir Pereira, colunista dos jornais O Estado, de Florianópolis, e A Notícia, de Joinville.

A viagem da comitiva parlamentar à Itália estava longe de ser consensual no Estado. Tanto que o presidente da Assembleia Legislativa, Gilmar Knaesel, convidou para a cobertura jornalistas das principais redes de televisão com sede em Florianópolis e todas se negaram a acolher o convite. Consideravam, na época, perda de tempo e de dinheiro publico. As duas empresas em que mantinha coluna diária – O Estado e A Notícia- só decidiram nos últimos dias.

Minha decisão foi uma forma de mostrar todas as etapas da viagem à Itália, relatar com colunas e matérias diárias o que acontecia no cumprimento da agenda, fiscalizando todas as etapas do exaustivo e rico roteiro e, sobretudo, avaliar os resultados concretos da missão, além claro do enriquecimento politico e cultural que traria para todos os seus integrantes.

No retorno, ficou evidenciado o sucesso da viagem. Além dos encontros sobre a vida e a obra de Anita Garibaldi, o interesse excepcional dos familiares, autoridades e lideranças políticas e culturais da Itália sobre a heroína catarinense, no campo econômico ficou o entusiasmo do empresário Steno Marcegaglia com o apoio explicito e declarado dos deputados estaduais.

Abriram-se, também, novas perspectivas de negócios nos vários eventos realizados em cidades das regiões visitadas, além da assinatura de protocolos de intercâmbio acadêmico e cultural.

Fato relevante, pois a comitiva tinha representantes do partido do governador, mas também da oposição, como do MDB e PT. Se na delegação inexistissem representantes dos dois principais partidos de oposição, o aval prévio solicitado pelo investidor não teria sido dado com tanta firmeza e, o resultado talvez duvidoso.

No retorno da missão parlamentar a Florianópolis, o assessor Mauro Beal entregou um detalhado relatório oficial, acrescentando ao governador Esperidião Amin e ao vice-governador Paulo Bauer outras particularidades relativas ao projeto empresarial dos italianos, ele que há mais de um ano vinha conversando com os representantes em Santa Catarina.

O governador Esperidião Amin designou o secretário do Desenvolvimento Econômico, Professor Paulo Gouvea da Costa, para coordenar uma visita a indústria italiana, com um amplo roteiro por países europeus, visando divulgar Santa Catarina, seus projetos e seus planos de intercâmbio. Também acionou o Assessor para Assuntos Internacionais, Marcos Bayer, para montagem do plano logístico.

A viagem foi coroada de êxito ainda maior do que a realizada pelos deputados estaduais e federais. Sobretudo, porque ali foi selado o acordo para a definitiva instalação da indústria no norte catarinense. O empresário confirmou todas as negociações, incluindo a decisão de investimentos de 124 milhões de dólares na fábrica catarinense.

A presença na sede da Marcegaglia aconteceu durante a chamada “Missão Europeia”, que compreendeu presença do governador Esperidião Amin e comitiva em seis países durante 11 dias. Esteve em 13 cidades, realizou 21 reuniões de trabalho, percorreu as instalações de outras 11 empresas e conheceu oito organizações administrativas e políticas, incluindo a sede da União Europeia, em Bruxelas, na Bélgica.

Os embaixadores do Brasil na França, Alemanha e Bélgica organizaram eventos especiais nas representações diplomáticas e estiveram presentes nos eventos oficiais, dando suporte logístico e aplaudindo as iniciativas do governo catarinense.

A delegação teve a efetiva participação da prefeita de Florianópolis, Ângela Amin, do prefeito de Garuva, Sidnei Pensky, de dirigentes da Fiesc, da Fecomérco e do Sebrae, de secretários de Estado e deputados.

O roteiro começou em Santiago de Compostela, na Espanha, onde Amin presidiu dois Seminários sobre Oportunidades de Negócios, assinou três acordos internacionais e inaugurou convênios entre instituições universitárias e culturais.

A consolidação das negociações com o grupo Marcegaglia foi um dos pontos altos de toda a jornada europeia. O Comendador Steno Marcegaglia e sua esposa receberam o governador Esperidião Amin e a prefeita Amgela Amin, com integrantes da comitiva, em sua residência, um antigo Palácio do século XVI.

O industrial revelou, na ocasião, que até o inicio dos anos noventa morava num apartamento com 100 m^2. A mansão histórica tem 1.000 m^2, situada numa belíssima área verde com 10 hectares.

E mesmo toda ela ocupando apenas o térreo, tem uma garagem com elevador automático que transporta os veículos para o subsolo.

Ali há um abrigo anti-atômico para proteção familiar em casos de emergência.

A instalação do grupo Marcegaglia em Garuva foi fundamental para a consolidação do setor metal mecânico existente em Joinville e toda a região norte de Santa Catarina.

Inaugurada em Garuva, no ano 2000, a **Marcegaglia do Brasil** tem sua produção voltada principalmente para o atendimento às necessidades da **indústria de refrigeração doméstica e industrial**. Portanto, começou identificada com o atendimento das demandas locais e, portanto, com voraçao regional, mas voltada para o comércio mundial.

De acordo com publicação oficial "os produtos são projetados e fabricados em conjunto com o cliente, para garantir seu encaixe ideal nos equipamentos finais em termos de desempenho, custos e consumo de energia, podem ser customizados mediante solicitação e atendidos em todo tipo de solicitação. A Marcegaglia do Brasil abastece os **principais distritos produtivos** por meio de sua rede produtiva mundial no setor que inclui, além da planta de **Garuva**, a unidade de produção da Funza, na **Colômbia**, a planta de Corregidora, Querétaro localizada no **México**, a planta de Praszka (**Polonia**) e a **italiana**moinhos localizados em Forlì e em Fontanafredda (Pordenone).

De acordo com publicação empresarial, inovações tecnológicas são constantes na indústria de Garuva. Em novembro de 2020, anunciou a fabricação de **"Chapas de aço carbono: a ampla oferta da Marcegaglia Carbon Steel"**

Especifica: "Construção civil, mecânica, automotivo, armazenamento, móveis, eletrodomésticos e recipientes sob pressão: essas são apenas algumas das muitas áreas de uso das **chapas de aço carbono da** Marcegaglia."

Para se ter a ideia da verdadeira revolução econômica e social registrada em Garuva,a partir da chegada da Marcegaglia, em 2021, a Prefeitura Municipal registrava: "900 novas empresas se instalaram em Garuva nos últimos quatro anos. Entre as novas empresas que se instalaram na cidade está a SuperFrio, que investiu R$120 milhões na construção de um centro logístico frigorificado. Somente esta empresa movimenta hoje mil empregos diretos e indiretos no município

A SuperFrio, empresa controlada pelo Fundo Pátria Investimentos, é uma das líderes na indústria de logística frigorificada na América do Sul. O empreendimento opera cargas de exportadores, como a BRF. Somente em 2020, foram mais de U$ 10 milhões exportados através dessas operações."

As principais empresas exportadoras hoje no município são a LS Mtron Ltd. Woerner Sistemas de Lubrificação Ltda, Refrex Evaporadores do Brasil AS e Marcegaglia do Brasil Ltda.

X

OS EVENTOS DO BICENTENÁRIO

Impossível a identificação, até mesmo aos principais idealizadores, incentivadores, organizadores e patrocinadores catarinenses, brasileiros e italianos, sobre o número de eventos durante a programação comemorativa dos 200 anos de nascimento de Anita Garibaldi.

O historiador Adilcio Cadorin, um dos principais líderes da mobilização que uniu centenas de instituições nestes últimos anos, calculou em mais de 1.500 atividades nos dois países, a maioria em Santa Catarina e no Rio Grande do Sul.

Uma das primeiras iniciativas surgiu com o projeto "Dois Mundos e uma Rosa Para Anita"

Na edição de 8 de novembro de 2018, a revista "Ensieme", principal órgão de divulgação ítalo-brasileira, noticiava a criação de uma Comissão Internacional para organizar o inédito evento, que incluiria a plantação da rosa nos municípios por onde passou Anita Garibaldi, já preparando as celebrações do bicentenário.

Matéria especial assinada pelo jornalista Desiderio Peron assinalava: "Uma rosa para Anita" é iniciativa do Museu e Biblioteca Renzi, de San Giovanni in Galilea (Borghi – FC) e se propõe a divulgar e a valorizar a figura de Ana Maria de Jesus Ribeiro. Anita viveu de 1821 a 1849. O emblema da manifestação é um híbrido de rosa desenvolvido pelo ex-combatente 'partigiano' Giulio Pantoli, de Castiglione di Ravenna, que o denominou "Anita Garibaldi" e o doou ao Instituto Técnico Garibaldi-Da Vinci, de Cesena. O projeto foi assumido por onze municípios italianos (Verucchio, Poggio Torriana, Borghi, Sogliano al Rubicone, Cesenatico, Comacchio, Argenta, Ravenna, Castrocaro Terme e Terra del Sole, Dovadola e Modigliana) e pela República de San Marino, em cujos territórios aconteceu a "Trafila Garibaldina". As guardiães de Anita, de Laguna, estiveram em agosto último na Itália para participar da "Trafila Garibaldina".

O evento conta com o apoio da "Associazione Nazionale Veterani e Reduci Garibaldini', que é presidida por Annita Garibaldi Jallet, uma descendente direta de Anita. Tem também o apoio de diversas instituições públicas italianas, como o Ministério dos Bens Culturais, Museos do "Risorgimento" de Bologna e Ravenna, "Museo della Linea Christa", de Sogliano; "Musei di Stato", de San Marino, "Società Conservatrice del Capanno Garibaldi", "Unione Nazionale degli Ufficiali in Congedo d'Italia", "Associazione Nazionale dell'Arma di Cavalleria", "Federazione delle Cooperative" da Província de Ravenna, Auser Emilia Romagna, Ravenna e Ferrara, entre outros.

Não há precedentes na história catarinense sobre a intensa divulgação e o elevado número de atividades realizadas para comemorar o bicentenário. Durante meses, a imprensa publicou reportagens sobre a vida e a obra de Anita Garibaldi, as emissoras de televisão realizaram pesquisas especiais, com destaque para a NDTV, que produziu um documentário inédito, em quatro capítulos de meia hora cada um, sob o título "Anita, Amor, Luta e Liberdade".

Exposições foram realizadas no Museu Cruz e Sousa, por iniciativa da Fundação Catarinense de Cultura; no hall de entrada da Assembleia Legislativa do Estado; e no Tribunal de Contas de Santa Catarina.

Lançamentos de livros aconteceram em várias cidades do Estado, com novas obras sobre Anita Garibaldi ou sobre a Revolução Farroupilha.

O Instituto Histórico e Geográfico de Santa Catarina lançou no mês de agosto uma coletânea de artigos com 170 páginas.

Inúmeros painéis, seminários e palestras virtuais multiplicaram-se nas redes sociais, em eventos híbridos ou exclusivamente pelos meios digitais da Internet.

A Academia Catarinense de Letras promoveu dois Painéis Literários virtuais, em função da pandemia: o primeiro, dia 17 de junho, com intervenções dos escritores e acadêmicos Deonisio da Silva, Maria Tereza de Queiroz Piacentini, Lélia Pereira Nunes e Urda Alice Kluger; e, o segundo, dia 15 de julho, com a participação dos escritores Paulo Markin e Adilcio Cadorin.

Sessões especiais foram promovidas pelos Poderes do Estado.

O Tribunal de Justiça de Santa Catarina iniciou a série institucional o dia 4 de agosto, com o lançamento de um vídeo institucional, veiculado na Sessão Ordinária por Videoconferência do Órgão Especial. De acordo com o chefe da Divisão de Documentação e Memória do TJSC, Adelson André Brüggemann, o vídeo procurou estabelecer uma relação entre a história de Anita Garibaldi e o Poder Judiciário, com o reconhecimento de Laguna como o local de nascimento da heroína.

O Poder Judiciário passou a integrar, também, a comissão formada pelo Governo do Estado visando divulgar, motivar e promover o bicentenário de nascimento da catarinense Anita Garibaldi.

O Tribunal de Contas do Estado realizou uma solenidade especial no dia 11 de agosto, reunindo dirigentes das entidades que congregam os Tribunais Estaduais e Municipais de todo o Brasil. O ato integrou, também, a programação alusiva aos 65 anos de criação do órgão de controle externo.

Durante o evento tele presencial foram agraciadas com a "Honraria Tribunal de Contas do Estado de Santa Catarina" várias autoridades.

Teve a participação de Francesco Garibaldi-Hibbert, trineto de Anita Garibaldi, que se encontrava na Sardenha, na Itália. Ele enfatizou que "a realização da sessão especial é uma forma de lembrar o quão valente esta heroína era, uma lutadora republicana em nome da liberdade dos povos oprimidos onde quer que estejam, e contra as tiranias das monarquias absolutistas de seu tempo".

A solenidade foi marcada por diversas homenagens à heroína: a inauguração do Jardim de Anita, da Galeria e da Estante de Anita e a veiculação de dois clipes produzidos pelo Coral Hélio Teixeira da Rosa, especialmente para o ato, com as músicas "Saudades de Laguna", de Pedro Raimundo, com solo da servidora Cristina de Oliveira Rosa, e "Anita Guerreira, heroína da Pátria Brasileira", composta por Rogério Guilherme, que também executa o solo. As duas têm o arranjo do regente Giovane Cascaes Pacheco.

Legislativo

Uma Sessão Especial, realizada no dia 23 de agosto e presidida pelo deputado Rodrigo Minotto, marcou as homenagens da Assembleia Legislativa no Bicentenário de Anita.

Estiveram presentes a Vice-Governadora Daniela Reihner, o deputado federal Coronel Armando, o Consul Geral da Itália em Curitiba, Salvatore Di Venezia, os prefeitos de Laguna (Samir Ahmad), de Tubarão, (Joares Ponticelli)e de Anitápolis (Solange Back), presidente do Instituto CulturAnita, Adilcio Cadorin, presidente da Fundação Catarinense de Cultura, Edson Lemos, presidente do Instituto Histórico e Geográfico de Santa Catarina, Professor Augusto Cesar Zeferino, secretária da Academia Catarinense de Letras, Lélia Pereira Nunes, as Guardiães de Anita e os Soldados Farroupilhas.

Durante a sessão foi exibido um documentário especial produzido pela TV-Alesc sobre a vida e a obra da homenageada.

O presidente da Fundação Catarinense de Cultura (FCC) e da Comissão Estadual do Bicentenário de Anita Garibaldi no estado, Edson Lemos, destacou que são mais de 160 eventos comemorativos em Santa Catarina e que a comissão envolve mais de 30 instituições. Ele confirmou para os dias 12, 13 e 14 de novembro, com apoio do governo estadual, o retorno da apresentação do espetáculo "A Tomada de Laguna", como forma de homenagear Laguna e Anita Garibaldi.

O espetáculo foi apresentado pela primeira vez em 1999, quando foi lembrado o 150º ano da morte da heroína Anita Garibaldi e se converteu em um dos principais atrativos turísticos durante a baixa temporada na cidade juliana. O espetáculo relembra os fatos de 1839, quando os farroupilhas tomaram o porto de Laguna e transformaram a cidade na capital da República Catarinense, uma extensão da República Rio-grandense. Teve sucesso de público e de crítica e repercussão nacional, pela produção e pela presença de premiados artistas de teatro e TV.

Senado

O principal evento oficial aconteceu no Senado Federal, no dia 30 de agosto, no formato híbrido, em função da pandemia, com várias lideranças nacionais e estaduais presentes no Congresso Nacional e autoridades acompanhando e participando pelo meio digital.

A solenidade foi proposta pelo Senador Esperidião Amin, político catarinense que teve maior presença em atos que marcaram datas históricas sobre a vida de Anita Garibaldi.

Era governador de Santa Catarina, em 1985, marcado por vários eventos institucionais dos 150 anos da Revolução Farroupilha e da República Juliana. Entre os atos de maior repercussão, o encontro em Laguna dos governadores Esperidião Amin(SC), Jair Soares(RS) e José Richa (PR).

No ano de 1999, quando dos 150 anos de falecimento de Anita Garibaldi, exercendo pela segunda vez o cargo de Governador do Estado, Esperidião Amin prestigiou atos na Itália. E instalou o governo na cidade de Laguna, incluindo os demais Poderes do Estado.

No exercício de vários mandatos parlamentares ou executivos, Amin subscreveu várias proposições relacionadas com o resgate da vida e obra de Anita Garibaldi.

A cerimônia no Senado teve a presença da Vice-Governadora Daniela Reihner, do presidente da Fundação Catarinense de Cultura, Edison Lemos, representando o Governador Carlos Moisés da Silva, da Deputada Ângela Amin, Coordenadora do Fórum Parlamentar Catarinense, dos Prefeitos de Laguna, Samir Ahmad, e de Tubarão, Joares Ponticelli, do Diretor do Instituto CulturAnita, Adilson Cadorin, do Presidente do Instituto Histórico e Geográfico de Santa Catarina, Professor Augusto Cesar Zeferino, da Professora Lélia Pereira Nunes, Secretária da Academia Catarinense de Letras, entre outras autoridades.

O Senador Esperidião Amin destacou, em seu pronunciamento, uma singularidade na vida de Anita Garibaldi. A heroína tem seu nome inscrito no Panteão dos Heróis da Pátria no Brasil e também na Itália.

Durante o discurso proferido na abertura da solenidade, o ex-governador catarinense destacou uma singularidade: Anita Garibaldi tem seu nome inserido no Panteão dos Heróis da Pátria no Brasil e na Itália.

Foi o seguinte o teor do discurso:

> "Senhoras e senhores que nos honram com sua presença, remota ou presencial, nesta sessão que faz justiça ao que representa, para Santa Catarina e para o Brasil, Anita Garibaldi, tenho o dever de, dando por iniciado efetivamente o conteúdo desta sessão, dizer que Anita Garibaldi é uma figura singular para o Brasil e para Santa Catarina de uma maneira muito especial.
>
> Essa singularidade pode ser expressa pela disputa intelectual e literária sobre o local onde nasceu. É uma disputa saudável que só as figuras muito ilustres conseguem produzir, ao tempo em que saúdo a presença do querido amigo Senador Nelsinho Trad, Líder da Bancada do PSD, seria, mais ou menos como no seu Estado, disputar ter nascido em Campo Grande, porque, se

não tiver nascido em Campo Grande, Nelsinho Trad vai arrumar uma forma de trazer os melhores talentos para sua cidade.

Transcendendo a este papel, ao colocar o amor como parceiro da luta e da liberdade Ana Maria de Jesus Ribeiro fez-se Anita. Combateu as batalhas dos farroupilhas, da República Juliana, que tinha como capital a nossa querida Laguna; esteve ao lado dos uruguaios, na resistência a Rosas; casou-se com Giuseppe Garibaldi, no Uruguai, logo após a saída do Brasil. Com a legião italiana de Garibaldi, cruzou o oceano para lançar-se em mais uma batalha à guerra pela unificação italiana.

Ao transferir-se para a Itália, em 1847, dois anos antes de sua morte, Anita fez com que a história entre estes dois países: Brasil e Itália, mais uma vez confluísse.

Ela é um dos raros personagens históricos que está inscrito no panteão dos heróis nacionais de dois países (Brasil e Itália) e todos nós sabemos da longa história da Itália, pois ela transacionou dois mundos, desafiou os padrões que fortaleciam as diferenças de gênero, como mulher, como mãe, como guerreira, estabeleceu pontes entre culturas, para morrer, heroicamente, no outro lado do oceano, consagrando-se como heroína de dois mundos.

Anita teve cinco filhos, um brasileiro, três uruguaios e um italiano. O seu percurso familiar cinge-se com o papel que desempenhou na história destes três países. Lutou bravamente, ao lado dos farrapos, na retirada da Laguna. Garibaldi, ao descrever os feitos heroicos da corajosa revolucionária no episódio, reconhecia nela a imagem do "soldado-mulher", que desafiava as convenções sociais ao adotar condutas não previstas, então, para a condição feminina.

Segundo ele: "na missão de transportar as armas até a orla e no seu retorno à embarcação, ela talvez tenha realizado 20 vezes o trajeto, cruzando invariavelmente sob o fogo inimigo dentro de uma pequena barca com dois remadores ... Ela, porém, de pé à popa da barca, no encruzamento dos tiros, surgia, ereta, calma e altaneira como uma estátua de Palas, recoberta pela sombra da mão de Deus, que naquela hora repousava sobre mim". São palavras de Giuseppe Garibaldi.

Anita Garibaldi inscreveu seu lugar no panteão dos heróis nacionais, ao lado de personagens femininas destacadas na história nacional como mulheres que estavam à frente de seu tempo. Por isso, muitas vezes assumiam a feição de mulheres virago, participando ativamente do espaço público, o espaço masculino por excelência.

"Heroína de dois mundos", Anita Garibaldi, com seu exemplo de vida, aparecia, sobretudo, como a precursora de papéis que as mulheres aspiravam para si, colocando em questão séculos de tradições misóginas, que restringiam e impediam – e ainda impedem – a participação delas no espaço público da humanidade.

Homenageando o bicentenário do nascimento de Anita Garibaldi, o Senado Federal homenageia todas as mulheres brasileiras, verdadeiras heroínas que batalham incessantemente, muitas vezes, para trazer alimento para os filhos, na batalha cotidiana pela sobrevivência sua e dos seus.

Esta Casa homenageia, também, as muitas mães e irmãos, mães, irmãos e irmãs que faleceram sendo heroínas, particularmente que faleceram sendo heroínas, particularmente nos hospitais, os dolorosos campos de batalha da pandemia, e ela, muitas vezes, esteve nessa azáfama.

Finalmente, quero registrar dois sentimentos que me orgulham muito neste momento. Deus me deu saúde para participar, em 1985, da celebração dos 150 anos da Revolução Farroupilha e da República Juliana, junto com os Governadores Jair Soares e José Richa, e nos deu a alegria, que eu compartilho com o Prefeito de Tubarão, de termos participado, em 1999, do sesquicentenário da morte de Anita Garibaldi, com o resgate de um discurso de um ilustre lagunense, grande historiador, Osvaldo Rodrigues Cabral, brindado no discurso de então de Joares Carlos Ponticelli.

E, finalmente, tenho a ventura de estar aqui representando o Senado Federal – e agradeço ao Presidente Rodrigo Pacheco e aos Senadores que subscreveram o requerimento – celebrando o bicentenário de Anita Garibaldi, Heroína de Dois Mundos e do Estado de Santa Catarina, duas mulheres que são sempre referência nas nossas vidas.

Muito obrigado."

Coube ao historiador Adílcio Cadorin traçar um resumo vida da homenageada, ele que se destacou nas últimas décadas como o mais apaixonado pesquisador e hoje o maior biógrafo de Anita Garibaldi.

Seu pronunciamento foi o seguinte:

"Falo com prazer em nome do Instituto Cultural Anita Garibaldi, única instituição de direito privado, com sede em Laguna, que se dedica singularmente e exclusivamente, há mais de 20 anos, à preservação, valorização e divulgação da saga e dos valores que nos foram negados pela heroína.

E, aqui, devo registrar também um pleito de gratidão muito grande ao então Governador Esperidião Amin um pleito de gratidão muito grande ao então Governador Esperidião Amin, que, em 1999, por ocasião do sesquicentenário da morte de Anita Garibaldi, transferiu todo o Governo do Estado para Laguna, e ali nós fizemos uma grande comemoração.

Epicamente, acredito que foi a primeira vez que Laguna foi a capital do Estado de Santa Catarina. Já havia sido República, não é, Senador Esperidião Amin? Já havia sido capital da República, mas foi capital, por um dia, do Estado de Santa Catarina.

Eu acredito que o registro desses anais de hoje para a história deste Parlamento e a história nacional também deve ser considerado como a maior homenagem que a Nação brasileira até então já prestou à memória dessa filha ilustre.

Há duzentos anos, nascia, na pacata Vila de Santo Antônio dos Anjos da Laguna, uma mulher que se tornaria um dos mais corajosos vultos femininos mundiais: Ana Maria de Jesus Ribeiro Anita Garibaldi, como ficou internacionalmente conhecida, foi e é, até os nossos dias, um exemplo de coragem, o que demonstrou nos diversos combates que enfrentou, de crença e de determinação com que buscou seus ideais sem jamais macular sua paixão ao homem que amou e o zelo na educação aos filhos que gestou. Mas, sem dúvida alguma, foi pela defesa sem quartel da causa republicana que ela se imortalizou.

Mais que merecida, esta sessão nos remete ao fato de que, se compulsarmos os anais da história universal, não encontraremos nenhum registro de vulto feminino que tenha pegado em armas para defender os transformadores ideais republicanos em dois continentes distantes e diferentes. Ana Maria de Jesus Ribeiro lutou em defesa da instituição de quatro Repúblicas: a República Catarinense, a República Rio-grandense, a República Uruguaia e a República Romana.

Em sua lutas em território catarinense, Anita antecedeu exatamente em 50 anos a instauração do regime republicano, instituído que foi pelos militares que tanto a combateram em 1839 e a prenderam em 1840, em Curitibanos.

É emblemático, grandioso e célebre monumento do escultor Rutelli, que, em 1932, a imortalizou na colina do Janículo, em Roma, simbolizando seus sentimentos de mãe zelosa e de guerreira corajosa retratados. Quando montada à cavalo, ainda em estado puerperal, com um braço, acolhe e protege seu rebento primogênito enquanto que, com a outra mão, empunha a arma com a qual rompe o cerco que a submetia.

Incompreendida em sua época e rompedora de barreiras e de preconceitos, Anita foi envolta, ainda muito cedo, em uma atmosfera de ideais republicanos que a ajudaram a moldar seu caráter único e forte. Não aceitava injustiças sociais. Não aceitava que homens e mulheres tivessem tratamentos diferenciados. Foi soldado republicano por ideal, pois, conforme registrou em suas cartas, somente uma República daria representatividade popular aos seus governantes, promoveria a justiça social e a igualdade entre homens e mulheres. Em nenhuma das lutas de que participou, conseguiram demovê-la de ausentar-se das fileiras que se formavam para os embates.

Ainda por oportuno, Sr. Presidente,

formavam para os embates.

Ainda por oportuno, Sr. Presidente, resgato um trecho de uma das cartas que endereçou a sua irmã Felicidade, que residia no Rio de Janeiro.

Na epístola, Anita expressou a saudade que sentia de sua Laguna, a verde Laguna, que, apesar de tudo que vivera, era sua terra natal. Mas, hoje, repousa em solo eterno, a mais de 10 mil quilômetros do seu solo pátrio, distante até mesmo de onde está sepultado o seu eterno Giuseppe, o José, como ela o chamava.

Por isso, cabe a nós brasileiros a missão de cumprir seu desejo e sua vontade de retornar para que ela possa, enfim, descansar eternamente em seu solo natal e com as glórias de uma verdadeira heroína.

O Brasil tem um tamanho continental e uma história muito rica, história esta que valorizaremos, sobremaneira, quando conseguirmos cumprir este seu último desejo. Então, Sr. Presidente, permita a audácia, mas que parta desta Casa Legislativa a iniciativa de fazer o seu repatriamento como forma de demonstrarmos ao mundo os nossos sentimentos cívicos, resgatarmos a autoestima nacional e quitarmos o débito que temos para com a memória desta que é a nossa maior heroína nacional, a precursora do movimento republicano brasileiro.

Viva a República! Viva a Anita!

Muito obrigado."

XI

OS MUNICÍPIOS: ANITA GARIBALDI ANITÁPOLIS

Entre as celebrações dos 200 anos de nascimento de Anita Garibaldi, o grupo ND de Comunicação realizou uma série de reportagens especiais, como um documentário com super produção, dividido em quatro capítulos, vários eventos em suas emissoras espalhadas por Santa Catarina, em especial, no sul do Estado.

O projeto teve uma cobertura jornalística excepcional, com uma série de reportagens veiculadas durante dias nos principais noticiários da rede estadual de televisão, no Portal NDMais, líder em comunicação digital no Estado e no jornal Notícias do Dia, principal matutino de circulação em Santa Catarina.

Numa das edições, o ND fez uma pesquisa sobre o nome de Anita Garibaldi no mapa do Brasil. Revelou que existem pelo menos 250 ruas, avenidas, bairros e espaços públicos com o nome da lagunense.

A maioria das homenagens localiza-se em Santa Catarina e no Rio Grande do Sul, mas são encontras destacadas referências no Paraná, Minas Gerais, Ceará e Rio de Janeiro.

Em Santa Catarina, seu nome está imortalizado em dois municípios, criados no governo Celso Ramos: Anita Garibaldi, distrito de Lages emancipado pela Lei n. 730 de 17 de julho de 1961, e instalação oficial dia 4 de dezembro de 1961; e Anitápolis, instituído pela Lei n. 789, de 19 de dezembro de 1961.

Anita Garibaldi está situado a 340 km de Florianópolis e 135 km de Lages, fazendo fronteira com o Rio Grande do Sul.

Conhecido como o Rincão dos Buaguais e depois como Colônia Hercilio Luz, em reverência ao governador catarinense, tornou-se distrito de Lages depois da Revolução de 1930, já com o nome de Anita Garibaldi, por ato do Interventor Ptolomeu de Assis Brasil.

As lideranças e a população local aprovaram a nova denominação, pela justiça da homenagem. Anita Garibaldi passou pela região ao lado de Giuseppe Garibaldi durante a Revolução Farroupilha em 1842.

O município tem uma população estimada de 7.500 habitantes, que ocupam uma área total de 588 km^2.

É considerado a Capital do Pinheiro pela imensa floresta de araucárias preservada em seu território. A principal atividade econômica é a agricultura e a pecuária.

De acordo com publicação oficial "recebe a denominação de "Cidade dos Lagos" em decorrência dos grandes empreendimentos instalados no seu entorno, tais como as construções das Usinas Hidrelétricas de Machadinho, Campos Novos e Barra Grande, as quais formaram grandes lagos a banhar seu território.

Anitápolis

Fato histórico único de Santa Catarina aconteceu em Anitápolis na Revolução de 1930. Ficou conhecido como "o Combate da Garganta".

Registrou-se na estrada da Serra da Garganta, na época a única ligação do sul do Brasil com Florianópolis.

Revolucionários gaúchos que apoiaram o movimento liderado por Getúlio Vargas avançaram em direção a Capital. Soldados da Força Pública de Santa Catarina entrincheiraram-se na Serra da Garganta para bloquear os revoltosos. Ali, travou-se duro combate com vários mortos, a maioria enterrada no local.

O episódio foi pesquisado pelo coronel da reserva Valmir Lemos, ex-comandante da Polícia Militar do Estado, resultando no lançamento do livro "Tombados e Esquecidos".

No dia 16 de Outubro de 2020, o Comandante Geral da Policia Militar, coronel Dionei Didonet, introduziu uma placa a lembrar os 90 anos do acontecimento histórico.

A homenagem destaca a frase "Jamais sejam por nós esquecidos".

Batalha da Serra da Garganta – 90 anos.

Polícia Militar de Santa Catarina

16 OUT 1930 – - 16 OUT 2020"

A prefeita de Anitápolis, Solange Back, anunciou planos do município para colocar o espaço histórico em evidencia, com a devida sinalização, visando maior divulgação e a transformação em nova atração turística.

Consta, igualmente, dos projetos da nova gestão, a construção de um monumento em homenagem a Anita Garibaldi.

Fato que marcou a população. O prefeito anterior, Marcos Antônio Medeiros Junior, promoveu a mudança de homenagem prestada a Anita Garibaldi com nome de via pública para homenagear um avô.

Anitápolis, outro núcleo de colonização germânica em Santa Catarina, está situada na região serrana da Grande Florianópolis, a cerca de 100 km da Capital.

Já em 1917, o Distrito chamava-se Anitápolis em tributo a Anita Garibaldi.

Foi emancipado pela Lei n. 789, de 19 de dezembro de 1961.

Com uma área de 576 km^2, abriga uma população com 3.300 habitantes, segundo o IBGE.

Para marcar as comemorações do Bicentenário de Anita Garibaldi e os 60 anos de emancipação do município, a Prefeitura instituiu um Concurso de Fotografia "Olhares de Anita", incentivando os locais e os visitantes a registraram as belezas naturais do município, através das mídias sociais.

XII

A MEDALHA

A importância histórica do excepcional monumento de Anita Garibaldi tem motivado, ao longo de décadas, iniciativas que multiplicam homenagens à heroína catarinense.

A principal condecoração instituída no Governo de Santa Catarina teve origem na capital italiana.

Em 1957, o engenheiro Colombo Salles viajou a Roma com a esposa, Dayse Werner Salles. E no roteiro de visitas a sítios arqueológicos, monumentais obras de engenharia, igrejas seculares e museus, presença no Gianícolo, onde se encontram as estátuas de Anita Garibaldi e Giuseppe Garibaldi.

Lagunense, Colombo ficou impressionado com a qualidade artística da excepcional homenagem à conterrânea e o destaque dado pelos italianos a seus feitos na unificação da Itália. Surpresa que se repete com os milhares de catarinenses que tem o privilégio da mesma visita.

Escolhido governador de Santa Catarina, Colombo Salles – com a ideia fixa no tributo prestado pelos italianos – ouviu assessores sobre alguma iniciativa para imortalizar ainda mais, em todo o Brasil, a heroína lagunense.

A instituição da comenda foi amplamente debatida entre o Chefe do Executivo e vários assessores, incluindo um estudo sobre outros nomes que se destacaram na história de Santa Catarina.

No dia 4 de abril de 1972 assinou o Decreto n. 110, instituindo a Medalha do Mérito Anita Garibaldi.

De acordo com a regulamentação atual "a honraria é concedida a pessoas físicas ou jurídicas, nacionais e estrangeiras, que, no campo de suas atividades, se hajam distinguido de forma notável ou relevante e tenham contribuído direta ou indiretamente para o engrandecimento do Estado.

A entrega da Medalha do Mérito Anita Garibaldi será feita em solenidade pública, no dia 25 de novembro de cada ano, dia de Santa Catarina de Alexandria ou, excepcionalmente, em outra data estabelecida pelo Chefe do Poder Executivo."

Atualmente, a concessão da Medalha do Mérito Anita Garibaldi é regida pelo Decreto nº 2.263, de 24 de junho de 2014.

De acordo com a legislação "a medalha terá pendente de fita de gorgorão de seda chamalotada em fundo branco, com 6 (seis) listras verticais em vermelho, centrando uma lista verde-mar do mesmo sentido e largura, será de forma circular, com diâmetro de 35 mm (trinta e cinco milímetros), contendo em seu anverso, gravada em relevo, entre palmas, a efígie de Anita Garibaldi, segundo o modelo da estátua existente na praça de mesmo nome, no município de Laguna, tendo por base o nominativo ANITA GARIBALDI; no verso, a inscrição, circulando a expressão BENEMERENTIUM PRAEMIUM."

A concessão da honraria é decidida por um Conselho, composto pelos seguintes membros:

I – Governador do Estado, na qualidade de Presidente;
II – Vice-Governador do Estado;
III – Secretário de Estado da Administração;
IV – Secretário de Estado da Casa Civil;
V – Secretário de Estado da Educação;
VI – Presidente da Fundação Catarinense de Cultura; e
VII – Secretário Executivo da Casa Militar.

Nestes quase 50 anos, centenas de autoridades e personalidades estaduais e nacionais foram contempladas com a maior condecoração catarinense, sobretudo, durante a década de 1970.

As últimas homenagens registraram-se no Governo Raimundo Colombo, sendo condecorados o arcebispo de Florianopolis, Dom Wilson Tadeu Jönck, o ex-governador e ex-senador Jorge Konder Bornhausen e o Centro de Integração Escola-Empresa de Santa Catarina(CIEE-SC), na pessoa de seu Presidente Mércio Felski.

XIII

LINHA DO TEMPO

1821
– Nascimento de Ana Maria de Jesus Ribeiro, futura Anita Garibaldi – 30 de Agosto

1833
– Morte de Bento Ribeiro da Silva, pai de Anita.

1835
– Casamento de Ana Maria de Jesus Ribeiro com o sapateiro Manoel Duarte de Aguiar, na Igreja Matriz de Santo Antônio dos Anjos da Laguna.

1835
– Inicia a Revolução Farroupilha

1836
– Manoel Duarte de Aguiar alista-se no Exército Imperial

1939

- Tomada de Laguna por Giuseppe Garibaldi – 22 de agosto
- Garibaldi encontra-se com Ana de Jesus – 29 de agosto
- Anita embarca no navio com Garibaldi – 23 de outubro
- O batismo de Anita na Batalha de Imbituba – 4 de novembro
- Batalha Naval de Laguna – 15 de novembro
- Anita participa do Combate do rio Pelotas, no Passo da Santa Vitória – 14 de dezembro
- Anita se reencontra em Lages com seu tio Antônio

1840

- Anita é presa no Combate de Curitibanos – 12 de janeiro
- Anita foge e vai ao encontro de Giuseppe.
- Anita viaja com Garibaldi para o Rio Grande e se despede de maneira definitiva de Santa Catarina – 18 de março
- Nascimento em Mostardas, no Rio Grande do Sul, de Menotti, o primogênito do casal – 16 de setembro
- Fuga espetacular de Anita com o filho recém-nascido de Mostardas – 25 de setembro

1841

- Participa da expedição no Vale do Rio das Antas, onde sofre frio e fome e luta para manter o filho vivo – 3 de janeiro
- Anita, Giuseppe e os seguidores instalam-se em São Gabriel, nova sede da República Farroupilha – março
- O casal Garibaldi desliga-se do Exército Farroupilha – maio
- Anita e Giuseppe chegam em Montevidéu – junho

1842

- Casamento de Anita e Giuseppe na Igreja de São Francisco, em Montevidéu – 26 de março.

1843

– Nascimento da filha Rosita em Montevidéu

1845

– Nasce a filha Terezita – março
– Morte da filha Terezita – dezembro

1847

– Nascimento do filho Ricciotti em Montevidéu – 24 de fevereiro
– Anita e os três filhos viajam para a Itália – 27 de dezembro

1848

– Anita desembarca com os filhos em Gênova, sendo acolhida com grande manifestação popular – 2 de março de 1848
– Anita e filhos seguem para Nizza (Nice) para viver com a sogra Rosa Raimondi – 8 de março
– Giuseppe Garibaldi parte de Montevidéu para a Itália – 15 de abril
– Giuseppe chega em Nizza, depois de 11 anos fora da Itália – 21 de junho
– Giuseppe parte com Anita e 72 voluntários para a Sicília – 24 de outubro

1849

– Garibaldi entra em Roma e proclama a República Romana. O Papa foge – 9 de fevereiro
– Anita viaja de Nice até Roma para apoiar Giuseppe Garibaldi, cercado em Roma pelas tropas francesas, austríacas e pelo Exército Papal – 26 de junho

- Garibaldi inicia com Anita a "Retirada de Roma – 2 de julho
- Com gravidez avançada, Anita segue Garibaldi em direção ao norte da Itália
- Na fuga, o casal Garibaldi e legionários são perseguidos e atacados pelos austríacos – Anita mais debilitada – 2 de agosto
- Mesmo atendida pelo médico Pietro Nannini, em Mandriole, Anita não resiste e vem a falecer as 19h45, no dia 4 de agosto.

1882

- Morre Giuseppe Garibaldi na Ilha de Caprera, Sardenha – 2 de junho

1932

- Inauguração no Monte Gianicolo, oitava colina de Roma, de criativo e excepcional monumento de Anita Garibaldi, onde foi sepultada pela sétima vez – 2 de junho.

1999

- Registrado o Cartório de Registro Civil de Laguna, por decisão judicial o nascimento de Ana Maria de Jesus Ribeiro.

BIBLIOGRAFIA BÁSICA

BALDIN, Nelma(Org). *O Instituto Histórico e Geográfico de Santa Catarina no Bicentenário de Anita Garibaldi*. Florianópolis, IHGESC, 2021.

BOITEUX, Henrique. *Annita Garibaldi*, Rio, Imprensa Naval, 1935.

CABRAL, Oswaldo Rodrigues. História de Santa Catarina. Florianópolis, 1970

CADORIN, Adilcio e ANTONIOLI, Andrea. *Dois mindos e lima rosa para Anita*. São José, Gráfica Elbert, 2020.

CADORIN, Adilcio. *Anita: Guerreira das Repúblicas e da Liberdade*. Laguna, CulturAnita, 2020

CAPUANO. Yvone. *De Sonhos e Utopias...Anita e Giuseppe Garibaldi*. São Paulo, Melhoramentos, 1999.

CARDOSO, Almiro Nunes. *Anita Garibaldi e a Cultura Tropeira*. Tubarão, 2017

DIRKSEN, Valberto. *Anita Garibaldi, Retratos da Memoria*. Florianópolis, 2011.

DUMAS, Alexandre. *Memórias de Garibaldi*. Porto Alegre, L&PM, 2013.

LEITE. Carlos Schlappal Marques. *Anita Garibaldi*. Rio de Janeiro: Mendes, 1914, p. 09.

Levantamento Bibliográfico de Anita Garibaldi. Florianópolis. Biblioteca Pública do Estado. 2021. Internet.

MARKUN, Paulo. *Anita Garibaldi: uma heroína brasileira.* São Paulo, Editora Senac. 1999

MARTINS, Celso. *Aninha virou Anita.* Florianópolis, A Notícia 1999.

MEIRINHO, Jali. *A República em Santa Catarina.* Florianópolis. UFSC/Lunardelli, 1982.

NUNES, Lélia Pereira da Silva. *Zumblick, uma história de vida ou morte.* Florianópolis, IOESC, 2013

RAU, Wolfgang Ludwig. *A heroína Anita Garibaldi: Uma Revelação Farroupilha em território catarinense: breve análise de sua personalidade.* Florianópolis: Ed. Do Autor, 1986

RAU, Wolfgang Ludwig. Anita Garibvaldi – O perfil de uma heroína brasileira. Florianópolis, Edeme, 1975.

RAU. Wolfgang Ludwig, *Onde nasceu a Lagunense Anita Garibaldi.* Florianópolis. Edeme, p. 07.

RAU. Wolfgang Ludwig. *Anita Garibaldi: O perfil de uma heroína brasileira,* Florianópolis: Edeme, 1975

RIBEIRO, Fernanda Aparecida. *Anita Garibaldi: Coberta por Histo-rias.* Editora Cultura Acadêmica, SP, 2011

SILVA, Deonisio da. *Balada por Anita & Outras Histórias Catarinautas.* São Paulo, Grupo Editorial Almedina, 2021.

SILVA, Deonisio da. *Balada por Anita Garibaldi*, in *Tratado dos Homens Perdidos.* Porto Alegre, Editora Mercado Aberto, 1987.

SILVA, Deonisio da. *Balada por Anita* idem, in *Contos Reunidos*. São Paulo, Leya, 2010.

VARZEA, Virgílio. *Garibaldi e sua acção no Brasil***,** in: Revista do IHGSC, v. VIII, 10, 4oTrimestre, 1917

ZUMBLICK, Walter. Anita do Bentão. Tubarão, IOESCM, 1979